IGNOTO SABER
IGNOTO SABOR

Catalogação na Fonte
Elaborado por: Josefina A. S. Guedes
Bibliotecária CRB 9/870

G635i
2022

Gonçalves, Aguinaldo J.
Ignoto saber ignoto sabor / Aguinaldo J. Gonçalves.
1. ed. - Curitiba: Appris, 2022.
241 p. ; 23 cm.

ISBN 978-65-250-3440-9

1. Ficção brasileira. 2. Poesia. 3. Metalinguagem. I. Título.

CDD – 869.3

Livro de acordo com a normalização técnica da ABNT

Editora e Livraria Appris Ltda.
Av. Manoel Ribas, 2265 – Mercês
Curitiba/PR – CEP: 80810-002
Tel. (41) 3156 - 4731
www.editoraappris.com.br

Printed in Brazil
Impresso no Brasil

AGUINALDO J. GONÇALVES

IGNOTO SABER
IGNOTO SABOR

Appris
editora

FICHA TÉCNICA

EDITORIAL: Augusto V. de A. Coelho
Marli Caetano
Sara C. de Andrade Coelho

COMITÊ EDITORIAL: Andréa Barbosa Gouveia (UFPR)
Jacques de Lima Ferreira (UP)
Marilda Aparecida Behrens (PUCPR)
Ana El Achkar (UNIVERSO/RJ)
Conrado Moreira Mendes (PUC-MG)
Eliete Correia dos Santos (UEPB)
Fabiano Santos (UERJ/IESP)
Francinete Fernandes de Sousa (UEPB)
Francisco Carlos Duarte (PUCPR)
Francisco de Assis (Fiam-Faam, SP, Brasil)
Juliana Reichert Assunção Tonelli (UEL)
Maria Aparecida Barbosa (USP)
Maria Helena Zamora (PUC-Rio)
Maria Margarida de Andrade (Umack)
Roque Ismael da Costa Güllich (UFFS)
Toni Reis (UFPR)
Valdomiro de Oliveira (UFPR)
Valério Brusamolin (IFPR)

SUPERVISOR DA PRODUÇÃO: Renata Cristina Lopes Miccelli

ASSESSORIA EDITORIAL: Débora Sauaf

REVISÃO: Débora Sauaf

PRODUÇÃO EDITORIAL: Bruna Holmen

DIAGRAMAÇÃO: Yaidiris Torres

REVISÃO DE PROVA: Bianca Silva Semeguini

CAPA: Eneo Lage

COMUNICAÇÃO: Carlos Eduardo Pereira
Karla Pipolo Olegário
Kananda Maria Costa Ferreira
Cristiane Santos Gomes

LANÇAMENTOS E EVENTOS: Sara B. Santos Ribeiro Alves

LIVRARIAS: Estevão Misael
Mateus Mariano Bandeira

GERÊNCIA DE FINANÇAS: Selma Maria Fernandes do Valle

SUMÁRIO

ANUNCIAÇÃO 9
ELOCUÇÃO POÉTICA 10
DESJEJUM OUTONAL 11
TRILHAS DOS PASSOS ROUCOS 13
DECOMPOSIÇÃO EM "BLUE" 17
À RIBANCEIRA DO POEMA 18
O RESMUNGO DAS PALAVRAS 19
INICIAÇÃO 20
RETALHOS POÉTICOS 21
DISTRAÇÃO DOMINGUEIRA 22
PESADELO DO SOL 23
A PERFURAÇÃO DO MITO NO TEMPO E NO ESPAÇO 24
GÊNESE 25
O VAZIO INCONTORNÁVEL 26
NEBLINAGEM 27
A METÁFORA EXPOSTA E DESFEITA NA COMPOSIÇÃO DA METÁFORA 28
OS OSSOS DO OFÍCIO 29
ELEGIA DE OUTONO 30
HIC ET NUNC 31
O VOO ESTÉTICO 33
DEPURAÇÃO 34
METADE DE VIDA 35
LIBÉLULA DO TEMPO 37
MISTÉRIO DA POESIA 38
AFASIA 39
LATÊNCIA POÉTICA 40
O VERDE-MUSGO DO TEMPO 41
JANELAS 43
- em três dimensões 43
- Janela 1 43
- Janela 2 (com vidraça) 44
- Janela 3 44

FLOR FANTASMA 47

LETARGIA ... 48
DE VOLTA AO JARDIM DO MEDO ... 49
ETERNIDADE MINGUANTE ... 51
GEOMETRIA ... 53
DA PALAVRA AO GESTO DA FOME ... 55
DA PELE À PELÍCULA DE UM DIA ... 58
NA EMERSÃO VULCÂNICA ... 58
DOS SEGREDOS ... 58
A CRUCIFICAÇÃO DO OUTONO ... 60
AUTOFAGIA DO OUTONO ... 62
CONFLITO-ENFIM-DO-TEMPO-EM-MIM ... 65
PINTURA OUTONAL ... 66
CLARIVIDÊNCIA DA MEMÓRIA ... 68
A OUTRA PELE ... 71
OROBORO ... 72
PRESENTIFICAÇÃO ... 73
CARREFOUR DE ESTILOS ... 75
PASSAMENTO ... 76
PERJÚRIO DO VAZIO ... 77
OS DESENHOS DA POESIA ... 79
O OUTRO EM MIM ... 80
ALVORECER AMOROSO ... 81
CORTE DAS HORAS ... 84
OS CACOS VIVOS DA MEMÓRIA ... 85
SUBVERSÃO POÉTICA ... 86
"MON COEUR MIS A NU" ... 87
CONTRIÇÃO ... 89
EXERCÍCIO DA RUÍNA ... 90
O AVESSO DO OUTONO ... 91
COMPASSO ... 103
ESQUIVA VISÃO ... 104
DESVIO DE MEUS LAMENTOS ... 106
NATUREZA MORTA COM PÊSSEGOS FRESCOS ... 107
OS FRUTOS DA TERRA ... 108
AS CEREJAS ... 110
OS FRUTOS DA TERRA (VAN GOGH) ... 111
DEBUSSY ... 112
LUA PERDIDA LUA ... 115

DESENCONTRO RETÓRICO 116
MORANGOS SILVESTRES 117
INEXORÁVEL CONDIÇÃO 119
TEMPO CONTROVERSO 120
SEM LINHA, SEM LINHA 121
ESPERANÇA 126
CORRELATO OBJETIVO 127
TRAVESTIMENTO POÉTICO 128
VERSOS ANTIGOS 129
PAISAGEM 130
CENA EXPRESSIONISTA 131
CENA EXPRESSIONISTA 2 132
CENA IMPRESSIONISTA 133
NATUREZA MORTA COM FRUTAS VERMELHAS 153
HOMENAGEM A VAN GOGH 155
OS CRESPOS JARDINS DE OUTONO 156
LETARGIA DA CRIAÇÃO 158
OS FORMATOS DE MIM 160
MINUTA DE UM POEMA PERDIDO 161
IMAGEM 163
A FUNÇÃO POÉTICA E A FUNÇÃO METALINGUÍSTICA NO POEMA LÍRICO 164
ODE AO DESDITO AMOR 165
O PROCESSO DE TRANSFIGURAÇÃO DO SIGNO VERBAL 168
SOBRE LIRISMO 173
INSUFICIÊNCIA RETÓRICA 174
O BARCO SÓBRIO 176
AS QUESTÕES DO VERSO LIVRE 177
QUESTÕES DO VERSO LIVRE 178
BRIGHT 187
O SIMULACRO DAS HORAS 188
BURNOUT 190
A PALAVRA INFINITA 191
A MORADA DOS DEUSES 192
O VACILO DAS PALAVRAS 194
NA CANTONEIRA DA MEMÓRIA 195
FORMATAÇÃO DO MUNDO 196
VISLUMBRE DA LUA BAÇA 198

VERSOS NO CAIR DO DIA 199
O ESTUPOR DA PALAVRA 200
A TRADIÇÃO DO RECOMEÇO 202
SINOPSE DE UM POEMA 203
PRIMAVERA MODULADA 205
O SIGNO DISPOSTO AO VERÃO 207
A VOCIFERAÇÃO DO GESTO 209
ENTREMEIOS DO TEXTO 210
A SOLIDÃO EM TRÊS DIMENSÕES 211
O CÃO E A ESTRELA 213
O "ANJO TORTO" DA PALAVRA 214
ALEGORIA ESTELAR 218
A FLOR E A FLOR 219
DESREALIZAÇÃO DO SIGNO I 221
DESREALIZAÇÃO DO SIGNO II 222
OS BEIRAIS DO VAZIO 223
FORMA DE SOMBRA 224
VIVIFICAÇÃO DO RETRATO 225
"CORRESPONDENCES" 227
MEU CORPO E O POEMA 228
A GEOMETRIA DO DESCOMPASSO 229
VAGA NOITE VAGA 231
HIERÓGLIFO LÍRICO 232
A ESPACIALIDADE DE DEBUSSY 233
COMO CONSTRUIR O SILÊNCIO 235
A FLAGRAÇÃO EXPRESSIONISTA 236
O POEMA MINERAL 237
INSÍGNIA 239

ANUNCIAÇÃO

Nesta manhã,
de céu parcialmente nublado,
as romãs deslizaram pelos galhos
e rolaram pela terra vermelha.
As formas se sobrepuseram
e as manchas dominaram as fontes,
nessa fonte de natureza viva,
com manchas e sobras
sobre os sonhos.
Vertigem das densas ramagens
entre as linhas pulsantes
de todas as vozes.

ELOCUÇÃO POÉTICA

Havia aqui este vácuo
para incitar mima alma,
então me imbuí de energia
para escrever alguns versos.
Retintos versos de indecisão,
que pudessem compor coisas iguais
a si mesmas mesmo com sentidos
alados invertidos perdidos;
mas que se encontrassem na noite,
tomando Campari com rodelas de laranja,
e incomodassem precisas vermelhidões
no rosto de tímidos esfaimados
e de prostitutas loquazes
e desavergonhadas.

DESJEJUM OUTONAL

Tomei um pedaço do outono,
coloquei-o sobre a mesa de jacarandá,
depois, estendi-o do avesso
e chorei.
Sequei minhas lágrimas,
passei a observar os detalhes
e, o que descobri,
me demoveu para dentro de mim e arrepiei.
O avesso do outono é o direito
da vida como uma centopeia,
estirada no gramado de bruços
sem conseguir se desvirar.

Depois senti fome.
Comi pedacinhos do outono
e a digestão foi escrever versos.

TRILHAS DOS PASSOS ROUCOS

(preâmbulos de outono)

Todos os caminhos conduzem a lugares distintos que se valem de estradas principais e vicinais que recortam os percursos e revelam lugares recônditos que não se mostrariam caso não se evidenciassem as fontes e águas claras, e de frestas luzidias dentro dos miolos delineados, dos percursos que se insurgem nas fortes vermelhidões das esperanças vagas, eu reconheci nestas paragens, as minas que fertilizavam os canais de minhas angústias, como se fossem cada desenho de meus desassossegos primevos que insistem em se fazer presentes em cada cair de noite ou em cada delineio de minhas fantasias noturnas ao arrancar os lampejos das luzes dos vagalumes, que não cessam de buscar o seco desejo de uma reiniciação. Como se não bastasse, era outono e se apresentava do lado avesso.

Dessas formas híbridas do outono, o movimento dos ventos, talvez, seja o que traz a síntese de todos os reveses que a natureza consegue segredar pelos índices que apontam para o estranho segredo. Nunca sabemos de onde ele vem e a que vem. Quando menos percebemos, temos a sensação de vento muitas vezes mesclado aos raios de sol intenso, ou baço que se anuncia em nossa pele ou em nossos sentidos mais ocultos, mais subliminares, como uma voz que ecoa por uma planície verdejante que se mescla, vertiginosamente de amarelos e marrons de folhas secas que vão se acentuando durante toda a estação.

Meus passos trilharam em terras holandesas, nos sonhos e na realidade que traz em si, um outono internalizado, mesmo que seja primavera. Mergulhei de corpo e alma, dias a fio, pelo interior de sete museus que me mostraram obras genuínas e maravilhosas desses artistas holandeses que, inexplicavelmente, trazem na mão o enigma da reconstrução do mundo plasmada na tela. A pintura holandesa traz uma espécie de DNA que identifica todos os seus pintores, e em especial, aqueles que se destacaram pela excelência do que produziram ao longo do séculos.

Não queremos aqui trazer listagens próprias dos livros de história da arte, mas devemos trazer à baila alguns nomes que mais justificam as nossas considerações advindas de nossa percepção e prazer por essa forma de arte, da natureza em trechos da realidade, e nele incrustar entrechos essenciais dos sentimentos humanos.

Essa forma de arte holandesa atinge meu espírito com tão grande intensidade, é quase incomparável com qualquer outra natureza artística. Similar, talvez, com o que sinto pela arte cinematográfica de Ingmar Bergman. Antes de assistir a um novo filme do cineasta sueco, sentia-me emocionado diante do cartaz. Minhas sensações se iniciavam antes mesmo de iniciar o filme. Isso ocorreu sempre antes de cada uma de suas obras. Tratava-se do prenúncio da grandeza que haveria de vivenciar esse tipo de aproximação, que parece não ser pertinente. É a medida mais apropriada do que quero expressar.

Para meu sentimento estético, a confluência dos dois universos semióticos traz o mais genuíno universo de semelhança e de justeza. O universo semiótico do cinema de Bergman, encontra em mim, a afinidade essencial da pintura holandesa. Ao me dirigir a cada museu, meus passos eram tomados de uma emoção particular que jamais houvera sentido ao visitar outros museus do mundo. Muito similar às sensações diante dos cartazes do filmes de Bergman, antes de entrar nos cinemas para assistir ao próximo filme. Delft, Haia e Amsterdam foram espaços dessas emoções.

Vermeer, Rambrandt, Mondrian, Escher e todos os clássicos não aqui destacados, foram preenchendo meus olhos e meu espírito naquela peregrinação plástica de reconstrução do mundo. Mas, a imagem metafórica do outono, como forma de representação do mundo e da vida, nas suas nuanças representativas, nunca foram tão bem aprendidas na arte pictórica do que nas pinceladas de Van Gogh.

Ao nomear o presente livro de *O Avesso do Outono,* estava completamente imbuído do universo plástico desse pintor holandês e daquilo que sua obra, no seu conjunto, me ensina e clarifica os meus sentidos. Van Gogh encontrou no universo das cores, integrado ao universo das formas, um caminho para não dizer um estilo, que capta a essência de uma visão das coisas e dos seres, ou melhor dizendo, uma visão da vida. Das 800 telas realizadas por esse artista, tive a grande honra de olhar para cada uma delas, presencialmente, nos museus ou em grandes reproduções impressas.

Nesse sentido, posso assinalar que do início de sua produção até o final dela, não existe ao menos um desvio de seu estilo em busca da composição de sua integridade criadora. Nesse sentido, a natureza essencial de sua pintura nos conduz ao outono, ou às nuanças do outono, em todos os seus matizes e conjugado a essa forma de expressão, emerge o tom da vida. Na visão de Van Gogh, esse tom consiste no desdobrar da disforia e na figurativização da existência. Daí a obra desse pintor ser universalmente admirada, deixando o observador mudo e sem argumentos na tentativa de explicitar seus sentimentos.

No cair das sombras, a natureza passa por um processo de metamorfose provocado pela luz que vai, pouco a pouco, desaparecendo e um novo mundo vai surgindo diante de nossos olhos. O artista, sobretudo o artista plástico, capta essa transformação e quando se trata de um pintor singular, saberá extrair desse movimento da natureza, o que de forma generosa, ela lhe concede. Entre os grandes artífices do pincel e gênios da inventividade, escolho aqui o pintor holandês Piet Mondrian como exímio exemplo desse fenômeno da arte.

Refiro-me à primeira fase de sua realização artística, em que a arte figurativa dialogava com a arte abstrata num movimento convulsivo e, ao mesmo tempo, perene. Caminharei entre as fibras do outono que me trazem tudo de que preciso para vasculhar os matizes do mundo, e os seus entretons que desvelam a natureza da realidade, em seus multíplices e possibilidades, para nos revelar o que se constrange nas camadas mais escondidas da espessura do mundo. Trilharei por entre ramagens que forem surgindo à minha frente, no contato tátil de meus dedos que traduzem o fio denso e tenso de meu imaginário.

Por isso, este caminhar será e já está sendo pontilhado por torneios que se oferecem ao movimento de minha alma ou de minha percepção, dos debuxos de minha vontade e do rastreamento das perseguições itinerantes do meu pensamento sensível, qual seja, as formas sensíveis de ver o mundo, posto em condição de linguagem. Este caminhar não será monitorado pela guarda municipal dos códigos, nem pela guarda nacional dos gêneros literários. É claro que seu próprio sopro ou o sopro de sua tendência é o poema, o discurso poético nos seus filamentos específicos. Entretanto, o veio poético sobrevoará outros discursos que povoarão as linhas desta obra.

DECOMPOSIÇÃO EM "BLUE"

Nas vozes do meu lamento
ecoam as formas do vento.
No descompasso do tempo,
nem tudo se conforma na hora.
Plena em toda a esfera,
primeira composição de uma era.
Verte no lamento o anticanto,
e no avesso desta estação,
meu tormento.
Finca as unhas e move
o encanto.

Sangue quase goteja no chão.

À RIBANCEIRA DO POEMA

Movem à margem
os signos estagnados;
se livrando de fonemas,
com cascas douradas
e dispersas, ao ritmo
que aguarda no entrefio
da correnteza.

(lá embaixo)

De águas paradas,
no vale profundo,
equidistante
do mundo.

O RESMUNGO DAS PALAVRAS

Nas ramagens do mato virgem,
as palavras resmungam
e rastejam como cobras.
Arranham as costas
e vociferam frases
cartilaginosas.
São palavras peçonhentas
que fremem à voz do vento,
e de bruços só dizem não.

Nervosas, fingem saudar o tempo
e louvar o coração.

INICIAÇÃO

A existência da poesia consiste num fenômeno humano que transcende a própria manifestação da arte, nas suas formas distintas de realização, posta ao determinante estatuto de trabalho, com os códigos semióticos de expressão. A poesia consiste numa manifestação que caminha ao lado do ato de respirar ou dos gestos mais próprios do homem. Quero dizer, mesmo aqueles que não conseguem materializar o objeto poético, não consegue ficar à margem do sentimento poético. A impressão que se tem é que o movimento do poema, ou os movimentos do poema, vão ao encontro do movimento ou dos movimentos do espírito, que cadenciam nossa sensações ou as nuanças de nossos sentimentos. A multiplicidade desses sentimentos, ou melhor, a infinitude desses sentimentos, acabam sendo representados ou mimetizados pelas formas de plasmação da poesia. Assim, não é necessário que a pessoa seja poeta para que seu sentimento poético entre em sintonia com essa profusão que o estado poético, figurativizado pelo verso ou pela imagem poética, seja realizado.

RETALHOS POÉTICOS

Sonambulismo da imagem
que segrega a fome de resposta, anteposta,
nas vertentes do erro
e na sofreguidão da vontade.
Renuncio dentro da noite,
dos detritos da experiência,
mesmo claudicando ao infinito,
meu corpo vai além do corpo.
E demove à antiga imagem,
o retrato.

DISTRAÇÃO DOMINGUEIRA

Tentei me iludir da hora
fora de mim, na sombra afora
mesmo assim, o tempo
por dentro,
impregnou os ramos da acácia.
Os galhos da amora impregnaram
e polvilharam os meus sentidos
marejados de querência.
Nas formas tristes do tempo,
em sua essência,
pude ver os pedregulhos
nos cantos do domingo afora.
Fiquei assim... desolado,
nas finas malhas do tempo.

PESADELO DO SOL

Nas formas baças do dia,
diviso os raios do sol.
Meio sonâmbulo,
meio perverso,
no reverso.
De meus sentidos
condoídos de tanta fome,
condoídos de tanta ausência
pela falência de meus ais.
O Sol baço se espraia na areia
e meus sentidos se escondem
no mar.

A PERFURAÇÃO DO MITO NO TEMPO E NO ESPAÇO

A suspensão do tempo cronológico implica a perfuração dos sentidos que atua no profundo dos resíduos do tempo. Inexoravelmente se desfaz e se esfacele o mito que advém do silêncio profundo. Do mito ao ser, do ser ao mito. Todo ato de perfuração da essência da natureza do ser humano e da suspensão do tempo advém, portanto, dessa elevação e enlevação do estado pleno. Dum sujeito em si, e de si, para a essência do mim, instigado pelo tempo vivenciado e rarefeito. O corpo humano pesa, o corpo ocupa o espaço denso que envolve toda a dimensão sem que possa sublimar as esferas mais etéreas da condição humana. O corpo ocupa, portanto, o espaço. Sobrepor-se ao espaço é atingir a consciência abstrata das dimensões mundanas, e atingir com o mito do tempo, o mito do espaço. O espaço espacializado não conjuga as dimensões do espaço espacializante. Entretanto, impor a nossa condição à perfuração do tempo e do espaço, sem que seja uma conquista de verticalização do ser, é obliterar a nossa própria condição. Estamos, hoje, neste exercício do ir e vir; da maculação do tempo e do espaço, mediados pelo corpo de proteção das intempéries que ameaçam digladiarem-se conosco. Resta a busca do mito. Resta a busca do ser.

GÊNESE

Valho-me aqui das veredas
das palavras
postas, nestas linhas tortas,
chamadas de versos
que se apoiam num ritmo trôpego
e formam lascas do entrecanto.
Formando, às vezes, o encanto,
que paira ao sol levante
entre a esfera do som
e a mera forma do sentido,
revestido,
no formato de poema.

O VAZIO INCONTORNÁVEL

Mais uma vez,
a brancura desta página
desafia o meu desespero.
Basta que me afaste
e parta para longe,
para que o vazio
se alimente de si mesmo.
Mas o que fazer com minha angústia,
de meu cadáver estendido
bem ali, com a fome do querer
instalada na garganta
e no coração.

NEBLINAGEM

Reconheci,
no desenho de meus olhos,
as marcas que um dia
delinearam as formas antigas
de todos os objetos,
de todos os movimentos,
de todos os sacrilégios.
Recobrei meus sentidos,
rasguei o desenho,
fechei meus olhos
e dormi.

A METÁFORA EXPOSTA E DESFEITA NA COMPOSIÇÃO DA METÁFORA

O mote do outono representa uma significação da natureza daquilo que é mais precioso na obra de arte e, sobretudo, na poesia e na pintura: a própria natureza demonstra, nesta estação do ano, todos os elementos constitutivos daquilo que nós tentamos apreender ou compreender na poesia lírica ou na pintura, em especial a abstrata. O outono traz em mim uma mescla, um "mix-happening", procedimento do tempo e do espaço trabalhados pela luz e pela efemeridade de tudo, conjugados numa resultante perfeita do entretudo, da entrecaptação, da entrevisão, da entrerreferencialidade, literalidade e literariedade. A própria palavra outono possui este belo obscurantismo por meio de fonemas assonânticos e consonantais. O /o/ se desenrola em uma gradação de marrom que vai até o amarelo bem queimado. Além disso, possui a linguodental /t/ e a nasal /n/. O som de outono revela e transpassa a própria condição, diferente dos nomes que determinam as outras estações do ano. Traz, em si, o crepúsculo, o ocaso, essa maravilha de transição entre o eufórico do dia e o disfórico da noite. Uma composição outonal traz a vida e a morte (ou a morte e a vida) perfiladas e conjugadas numa só imagem, numa só realidade, e nisso consiste a arte. Nós nos perdemos no outono, entre a euforia e a disforia das coisas que pulsam no enigma da existência e na verticalização do ser. Daí nos movimentarmos neste pêndulo que nos conduz, e na tentativa de apreensão daquilo que "outono", no som e no sentido, traz naturalmente em sua composição.

OS OSSOS DO OFÍCIO

Ser poeta
é dizimar os resíduos dos dias
e transformá-los na estrela vazia,
de um dia eterno,
de uma noite eterna,
que se anuncia
pelos ecos de uma voz perdida,
na madrugada de uma forma
errante,
que apenas vasculha
o oco do nada.

ELEGIA DE OUTONO

O outono caiu de bruços
da ribanceira de um grande lago,
e com ele tombou minha vida,
tombaram meus sonhos,
e todos os meus tormentos
antes do amanhecer.
Vi-me envolvido entre folhas
secas e frutas maduras,
que também tombaram
ao tombar o outono.
Tornei-me húmus e como húmus,
renasci assim,
da semente de uma fruta
desconhecida,
e na terra fiquei
para sempre.

HIC ET NUNC

Hoje, aqui, envelheci
mil anos
e por mim passaram
mil versos que não escrevi.
Eles vieram não sei de onde,
em ritmos distintos e inauditos,
formatados por milhares
de línguas em tons diversos,
perversos, idiomas da poesia.
Hic et nunc o mito se revela
e o tempo se desvela, pouco
envelheci mil anos
diante dos versos roucos,
quase moucos,
querendo se fazer ouvir.

Volto a insistir no avesso do outono como forma de compreender os desvios de dentro da natureza e as questões determinantes da arte, e se suas vicissitudes diante da natureza. Nenhuma similitude pode ser flagrada entre a arte e alguns sistemas culturais que consiga estabelecer equilíbrio entre os degraus que os diferenciam. Esse fenômeno é muitas e muitas vezes tentado e, na nossa forma de perceber, jamais conseguimos ver um equilíbrio comparativo entre eles. A questão está nas esferas semióticas entre a linguagem da arte e a linguagem dos sistemas comparativos. A aproximação entre o sistema literário e o sistema filosófico, por exemplo, cria solavancos de significação advindos do sistema denotativo da linguagem filosófica e do sistema conotativo da linguagem literária. Mais ainda, se considerar a natureza da linguagem do poema lírico, que é realizado por imagens e um discurso que busca o máximo da referencialidade possível como é o caso da linguagem filosófica.

O VOO ESTÉTICO

Entre o vazio e o vazio,
um fino fio se estende
e atua como obstáculo.
Alado de entre fios
no perdido espaço
e no perdido vácuo do silêncio.

Entre a forma geométrica do vazio
e a fina malha do entre fios,
Mondrian pousa seu chapéu.

DEPURAÇÃO

O último som do dia,
recai o último tom
de todos os tempos.
Mesmo que a vida exceda
a marca do fim e do princípio,
esse som reinará sobre as
planícies e vales,
sobre o sufoco dos justos
e sobre os desalentados.
Não é o som das sete trombetas,
mas trombetas anunciam aos ouvidos
- até aos ouvidos moucos –
que todas as dores terminaram.

METADE DE VIDA

Na germinação da interface do silêncio,

resmungam sons desconhecidos.

Que rebatem entre rochas cristalinas nesse perjúrio de vida que se faz fina, e ao mesmo tempo, se encarrega da mortífera forma de estâncias perdidas no vazio.

Nas pontas finas dos rochedos, formam crostas de vazios indefinidos por crateras invioláveis.

Que procuram o soliloquio da discórdia.

Volver para o fato, sem que o afeto se confirme, é perjurar o indefensável estado de ser contínuo, na vertical ignomínia

do sol

posto.

A brisa marinha de Mallarmé suavizou os pontos da paisagem marcados pela terra estéril arada por Eliot, dentro dos jogos temporais que dominaram durante toda a estação tardia. As roças de trigo haviam sido ceifadas por Van Gogh, antes mesmo do pôr do sol, e depois de todas as peraltices de Baudelaire ao passear pelas ruas de paris. O mundo é esse moinho dos ventos que nem mesmo Cervantes saberia decifrar. Na verdade, o grande escritor espalhou o enigma nas imagens que engendrou na magnífica invenção da narrativa ocidental. Eu gostaria de voltar a sonhar com Machado de Assis, não deixaria de lhe fazer umas boas perguntas.

LIBÉLULA DO TEMPO

Assoalho do meu coração,
por onde pisam os mais antigos pés
que alicerçaram vidas após vidas,
de uma verdadeira eternidade. Caminhar nessa vida que se iniciou há tantos séculos,
é mitigar a vontade de olhar eternamente pela janela,
pois sem ela,
não se pode inserir no topo do mundo o sentimento alado de um destino feito pó,
ou mesmo que para isso todas as formas de vivificação desenhem os filamentos dos objetos,
que por nós passaram neste séculos de séculos para sempre.

MISTÉRIO DA POESIA

O tom do poema
vacila
quando o tom da vida pesa e sobrepesa.
No viés do mistérios
soterrados entre bosques, com sombras espessas
molhadas por uma chuva densa, oblíqua que carrega
em si os respingos de lama,
que se inflama nos pés mergulhados na areia,
e assim, o tom da poesia fastiga o engodo da vida
vazia, quando o pleno é o inflado do vazio,
quando por mais que se busque o cheio,
no meio de tudo, emerge a própria flama de um
açude pleno do medo e do retumbante vazio.

AFASIA

Gralhas que se esfregam
nas ramagens secas, prontas para se queimarem
entre as labaredas que sobem
pelo céu tardio.
Nestas formas esquemáticas,
de sombras e de medos,
fontes do cinéreo volume
de memórias e de ruínas,
mais que rascunhos, rasuras
indeléveis,
Vertigens de garranchos,
entre garranchos,
sob tudo e sob todos,
os destinados pensamentos
são essas formas mal
torneadas.
Revestidas de fomes
e de letras, opusculares
de lamentos,
de tormentos,
de fontes desabrigadas,
de segredos.
E no resíduo da caridade,
permanece uma língua
travada;
quase uma língua
que quer ser enfática,
que ocupa o lugar do não.

LATÊNCIA POÉTICA

Enquanto dormia,
uma metáfora eclodiu
em minha noite vazia;
e ao acordar,
como vagalume,
os sentidos emergiam
por todos os pontos de meu leito,
e do estreito quarto, todo feito
de meus pertences.
Tinha-me tornado poeta e não sabia,
minha identidade, se tornara pó;
agora, me tornava homem do mundo
e só.

O VERDE-MUSGO DO TEMPO

Existe uma hora
que os anjos se calam
e eu fico mudo.
É no cair das sombras
em que as luzes bêbedas
criam um tremeluzir dos contornos.
E o mundo cessa o seu pulsar
do tempo em tempo, algum
in illo tempore
e as vozes do mundo se curvam
num beco em que o espaço
não conforma,
e o fundo dos sonhos
pesa como uma âncora
no fundo do mar morto.

O verde-musgo se condensa
        no ponteiro congelado
da esfera.

Povoam neste lago langoroso e sombrio os escombros de todos os vícios e as cascas soltas de animais peçonhentos e antigos vindos da terra, e rastejantes por eiras e beiras de águas podres por onde passam lagartixas amarelas de barrigas brancas, besouros muito grandes de garras afiadas, escorpiões vadios que farejam vítimas com suas presas fatais, e todos os gritos que ecoam do fundo das águas e soçobram na superfície porosa, por onde se movem essas formas e outras de vidas.

JANELAS
em três dimensões

Janela 1

Da minha janela vejo o mundo em forma retangular;
meus olhos geometricamente ficam retangulares
e as perspectivas de mundo ficam enquadradas
de forma retangular.
Entre molduras ou entre visões emolduradas,
o mundo se agiganta desde que meus olhos mirem
o mundo da forma que a geometria impõe.
Retângulos dentro de retângulos, eu vou dimensionando tudo aquilo que miro, aquém confiro o néscio da existência.
Janelas pairam como as formas de Da Vinci
para desenhar as árvores ao longe,
os retângulos conferem a medida da pintura de Paul Klee,
da qual o mundo se instaura mundo,
e as cores retangulares se sobrelevam a toda dimensão mítica da vida.

Da minha janela, a janela aberta aperta a condição de ser janela,
ser janelamente postado no mundo que o longe revisita outros mundos
como colinas;
paisagens outonais que se sobrepõem aos meus olhos retangulares.

Janela 2 (com vidraça)

A janela,
cujas vidraças
estão serradas,
mas permitem
que sombras e luzes
sejam apreendidas.
Janelas que portam o mistério do outro lado,
como a de Van Gogh no *Quarto em Arles,*
a vidraça delineia o mistério.
Delineia uma possível vida que corre do lado de fora, pois blindado pelo lado de dentro, retângulos formados de quadrados
em forma de vidraça, que brilham e determinam uma certa porosidade do que não se pode ver com clareza mas que se anuncia como um ser visível, ou possível, ou tangível, do dentro para o dentro, no fora e no retângulo da janela se constrói.

Janela 3

Enclausuramento retangular
da janela provocado pela janela
que se faz ponto de tudo o que é obscuro.
A transvisibilidade do segredo
é retida pela janela fechada que revela o não;
que revela o quanto se torna impossível o vazio da busca dentro de uma clausura.
Dentro de um quarto enclausurado por uma janela febril,
que deixa de transitar ou de permitir a transitividade do ser que tenta, que busca, que quer pulsar.

Mas que deve, antes de tudo, ultrapassar aquele retângulo inviolável, fechado posto na condição de elemento, que tolhe, que coíbe, que prende qualquer situação de liberdade.

Janela que não permite possível comunicação do próprio olho, da própria visão em relação àquilo que se pode buscar no estrangeirismo do lá fora, embora, possa não querer se ela estivesse aberta, agora fechada, a janela cria uma quebra do elo, uma quebra do possível neste mundo grande de tanta solidão.

O estigma da decomposição dos sentidos das palavras, consiste num processo praticamente impossível de ser interrompido, dentro ou por meio do ato de comunicação. Mesmo o indivíduo considerado alfabetizado, na utilização da linguagem no dia a dia, acaba por fazer uso abusivo da linguagem e tratar as palavras como se fossem um mero amontoado de sons e sentidos esfacelados, dos quais ele se vale para transmitir sua fome de transmitir seus contrastes imediatos ou expressar seus sentimentos indefinidos, no convívio com outras pessoas, que também se valem dos mesmos recursos para retribuir a esses gestos linguísticos. Trata-se de uma espécie de "blasfêmia" na utilização da linguagem ou do pensamento. Lembro-me aqui das palavras de Paul Valéry, ao dizer que o ser humano "passa um rolo compressor" sobre as palavras e acredita que está se fazendo entender.

FLOR FANTASMA

Eclode do miolo desta flor negra
o brilho duro e obscuro
de pétalas
– enjauladas –,
que vertem os filetes
da corola inebriante,
como se a flor,
noturna,
se abrisse entre ruínas
de febres ancestrais.
Restam nestes tentáculos,
o amianto que reverbera
o imortal segredo
de uma flor de lis
que o tempo
enegreceu.

LETARGIA

Entre águas mornas
(e mortas)
alucina meu coração,
tardio,
pelo fio de uma frente
delgada
que desliza minh'alma
em sofreguidão
vazia.
Sopra o vento,
pulsa a forma
nessa imagem
em agonia.

DE VOLTA AO JARDIM DO MEDO

De nada vale
eclodir nestes versos

– antigos e amargos –,

ó rosa de pétalas negras
de corola amarela!
Nestes sons
mal ritmados,
os ganchos dos sonhos
enferrujaram,
e as tuas pétalas
se tornaram – vermelhas!
Entregue-se ao soturno
sortilégio,
nestas formas
cegas
do eterno, agora
em que o grito de Munch
seja ouvido.

Desconfiei deste outono desde aquela tarde de abril em que os ventos uivavam no final da tarde e as nuvens eram ausentes, deixando entrever um céu estranhamente azul, um azul cinzento, sem que nada denunciasse, um índice sequer, da estação das frutas da terra e das folhas secas. Um outono movediço que olhava de soslaio para o mundo ou era o mundo que se fazia submisso a ele, como se tudo estivesse se transformando ou mais, metamorfoseando aos olhos vistos. Um poema de T.S. Eliot, *The Wasteland,* expressa num de seus versos que "april is the cruellest month" e esse verso sempre me marcou, apesar de o mês de abril pertencer a uma realidade para o poeta americano. Mesmo assim, o outono da minha realidade se inicia em abril. Esse outono que me olha como se me abraçasse e, ao mesmo tempo, me repudiasse com todas as suas forças. Nada o faz mitigar seu poder e sua energia, que se impõe ao longo dos campos e no interior das almas.

ETERNIDADE MINGUANTE

Nas paredes da noite eterna,
soergo-me entre lençóis,
que esvoaçam
sobre vagalumes
com brilhos
pululantes,
nesta forma
de desenhar
a solidão oblíqua
no horizonte
morto
torto,
recôndito
de uma lua
estatelada
no céu
de ferro.
Nesta noite
de sol minguante,
a fome
e o suor
embalsamam
os passamentos
da eternidade.
A brancura alísia
dos sonhos,
vasculham

as ruínas
da solidão
e devolvem
ao mundo,
o curvilíneo
e lilás
entristecer
dos ventos.
Soergo-me
novamente
e entre luas,
restauro
meus parcos
sonhos.

GEOMETRIA

Resplandece ao sol
a noite descontínua,
nos pontilhismos de luz,
a estrada
desfalcada
de cenas
primaveris;
a verdejância
se aquebranta
de losangos
disformes
e o olho
encontra trégua,
com dentes
cerrados
e a boca
incerta.
Miro cada dedo
dos pés
inflados,
calcados
na terra
vermelha,
exposta
ao sol nascente.
Prismática ondulação
de tempos idos,

renasce sobre
a planície,
indo e vindo,
numa forma
de violação
da noite afoita,
em infinita
sofreguidão
de gomos
lunares
e amores
findos.

DA PALAVRA AO GESTO DA FOME

Sofreguidão da palavra
rouca,
comprimida
nesta longa
tarde
espessa,
mas despida de vida.

Completamente

inócua,
em que
o perdão
das vaidades
enlouquece
o perjúrio
da solidão.
Sofreguidão
do signo
inviolável,
que se comprime
entre latões
vociferantes
e olhos
enormes,
que se abaixam
para ver

a enormidade
da língua
da vaidade
e do sonho
encrespado
em porcelanas
chinesas.
Sofreguidão
da renúncia
do mim
verticalizante
entre a xícara
e o pires,
que se olham
mas não se integram,
à espera
daquela noite
aguardada
pelos sóis,
que não se apagam.
Lentes finas
vasculham
o medo
para que,
na vontade
de ser expresso,
vomite apenas
rastros de bílis
e amores
esfacelados
em abismos.

A pintura de Paul Cézanne consegue instaurar um desfio entre a natureza e a arte, focalizando sua atenção na consciência semiótica do código plástico. Assinalando aqui o pensamento de um excepcional pensador e apreendedor das questões concernentes à linguagem, Jean-Baptiste Dubois, é como se os signos naturais foram extraídos da natureza e plasmados na tela. A figurativização na pintura de Cézanne, faz exatamente isso. Entre tantos exemplos, destacamos aqui a obra *Natureza Morta com Maçãs e Laranjas,* o artista consegue instaurar uma tensão que vai além dos limites do provável. O quadro provoca uma dubiedade de sentidos em vários níveis, jogando com as relações entre *ser-parecer*, que emerge no interior da tela pela própria consciência semiótica do que percebe. Consciência semiótica que retira dos objetos referenciais o seu extrato referencial que eles trazem da natureza, e os eleva à condição de signos icônicos, que passam a significar sentidos essenciais novos nas relações que passam a estabelecer como os demais signos que compõem a obra.

DA PELE À PELÍCULA DE UM DIA NA EMERSÃO VULCÂNICA DOS SEGREDOS

Resvalo
nos desatinos
de um só dia,
a fina e estreita
molécula
de um sonho,
que passa a perfurar
a minha pele
como se fosse
a perfuração
de uma limalha
perdida
e esvazada
no vazio
de uma ruína.
As formas
que represento
em cada dia
são as faces
de cada feito
de todo dia.
A representação
oscila
entre o ser
e o próprio

esvazamento
daquilo que
minhas unhas
recortam no corpo
altivo,
mas perdido
nos vasos
nas artérias
de um pente fino.
A representação
dos sonhos
e as vasculhações
do medo,
retalham
e deixa explícita
a carne vociferante
de uma vida
retinta e perdida,
nas camadas obscuras
de um medo
altivo
e com ruído
de uma serralheria
de ossos
que perfura
o dia.

A CRUCIFICAÇÃO DO OUTONO

Este luar de outono
é mais intenso
que a sofreguidão
de São Pedro
em sua crucificação.
Mais intenso que
a conversão de São Paulo
naquela tarde
de sofrimento
e de consciência
da dor.
Neste outono,
a música abstrata
que emerge
das planícies
e das têmporas
infinitas,
resgatam
as antifolhas
secas
e se espraiam
por toda
a vastidão
desta paisagem
na gradação
de verdes.
Este outono

é a rebeldia
do instante
contra
o amarelo-seco,
o marrom-perdido,
na vida
e na solidão.
Deste outono
eterno
emerge uma sonata
mais bonita
que a de
Ingmar Bergman,
naquela demolição
de sujeitos
e na perdição
de consciências.
Neste outono,
de camadas cromáticas
infinitas,
resta esta língua
presa
na solidão
e no fastígio
de toda uma
eternidade.

AUTOFAGIA DO OUTONO

Vestido de branco,
em tecido
de linho,
usando um chapéu
holandês,
ocupo
meu lugar
à mesa,
também
revestida
de branco
– brancas rendas
inglesas –,
e aguardo
a refeição.
Na minha frente,
porcelana inglesa
e talheres de prata
aguardam
que o outono
me esteja servindo
plenamente.
Retiro fatias
desta estação
madura,
e sirvo-me
em laivos

suculentos
olhando
para o horizonte.
O sulco
do alimento
desce
de minha boca
para meu queixo,
e uma gota
cai
sobre a alva
camisa.
Olho
para a lua
e fico
mudo
–
comer o
outono
aos poucos
é como
massagear
os gomos
do infinito.

Volto ao outono como quem perpassa o repetido caminho dos ninhos esquecidos, próprios dos mitos e dos ritos tardios,

que apenas se fazem existir a partir do gesto

do eterno retorno, palmilhando pé ante pé,

nas marcas de terra vermelha e fofa, com sangrias amarelo-laranja arrancado das formas que se ressecam nesta época; sol-seco e de gelo-ardente, cinza-avermelhado,

nos entremeios da dubiedade deste céu pálido, mas mantido à força pela linha do horizonte nos entrechos do entre-ser, das formas dúbias, como são dúbios, os contornos dos objetos em que tudo se torna não definido

e não palpável, mediante a conjunção entre a natureza do outono e a fragilidade de minha visão diante de todas as coisas.

CONFLITO-ENFIM-DO-TEMPO-EM-MIM

O tempo aflito,
a lua inerte
—
a grande lua
inerte
vasculha meu ser,
e eu mastigo
cada pedaço
trinta e duas
vezes,
sem que
o tempo possa
me escapar
dos dentes
molares
e da língua
vermelha
que lambe
o redondo
do outono
morno,
nesta forma
de buscar
a contenção
de um infinito
perdido
na madrugada
eterna.

PINTURA OUTONAL

À distância,
as fibras do
outono
quase desaparecem
pela neblinagem
dos meu olhos
(pincéis impressionistas
que retiram
o contorno
da madrugada).
Os traços
de Monet
ficam
aquém
dos imprevisíveis
detalhes
de uma quase
visão
que se perde
no emaranhado
de cores
baças,
tênues
cores
de uma
imensidão
vista

da janela.
As fibras
do outono
tentam apreender
o fino resíduo
de uma
fina vida
infinda
intacta.
Mas,
do que resta,
fica apenas
o solilóquio
do silêncio
e de uma
solidão
profunda.

CLARIVIDÊNCIA DA MEMÓRIA

Nessa tarde de outono
em que o céu
paira da cor de gelo,
cinza claro,
clara nevoa,
brisa
quase fria,
que prenuncia o inverno
nesse tom infernal
do dia-a-dia.
Ocorre em mim
uma espécie de solavanco da memória,
e por meio dela,
e dentro dela,
tudo vai girando em torno
da gaveta
desta memória que se fecha
na clausura do tempo de
Pandora;
fora tudo,
embora, fite o ponto em si
ensimesmado,
e os filetes do tempo
vão se formando,
um após o outro,
cadarço vermelho,
fitas amarelas, quartzos

em caixinhas de veludo
e outros vidrilhos,
com ladrilhos velhos quebrados.
Em cada filamento,
a pulsação do imponderável.
Em cada filamento,
um trecho cravado de um passado vivido
com o calor de sua hora,
em que a vida se contém
vivenciada
e ao mesmo tempo, fugidia
no engasgo do presente
e na conjunção do tempo vazio, perseguido pelo nada.
Assim, nesta tarde de névoa baça,
de cor gelo-cinza clara,
muito clara,
fria para o outono,
mas completamente vazia,
tudo pertence
àquilo que se deu entrada na sábia caixa de Pandora.

Hoje, no agora que revisito esta página,

volto a permitir que a música penetre no meu espírito, para que as formas da vivificação das palavras ou dos signos verbais, encontrem as pegadas necessárias para sua emersão e sua contenção, o que há de ir e vir nas falanges de meu espírito. Hoje convidei Villa Lobos para conduzir minhas mãos e meus dedos para que deem condição de meu espírito e da imaginação mantenedora de todos os meus movimentos interiores, e que eles possam me trazer para as formas surpreendentes daquilo que se encontra aquém e além de mim mesmo. A música dizima os ruídos do mundo e consegue uma espécie de purificação mais decisiva para que o indizível, penetre no seio do verbo e possa alicerçar a harmonia extraindo das palavras, as sobras dos conceitos, e dos tormentos, e dos valores, e dos resíduos oblíquos entre a devoção e o princípio dos sortilégios desse mundo, munido de tanta veemência dos desejos perfurados pela desarmonia e pela compulsão dos tormentos. De Villa Lobos, sobretudo, depois da introjeção de *As Bachianas,* volto à comunhão com a palavra abençoada.

A OUTRA PELE

Um forte redemoinho
atingiu meu corpo
e me levou a um ponto indefinido,
extraindo de mim quase tudo o que eu tinha,
antes de tudo, a minha identidade, arrancando a minha pele e lançando-a ao vendaval.
No entanto, ao olhar para o meu corpo
em carne viva,
já não era mais
assim composto: pois outra pele subjazia àquela antiga que possuía
nessa outra;
vi-me outro,
era outro ser
em outro tom
e outra fantasia.
Olhei para mim e me encantei comigo mesmo
num estranho movimento.

OROBORO

Degluti-me, com a boca,
com o rabo,
unhas finas e os dentes, também afiados
mas, da identidade perdida, restou um ser que em mim não cabia.
Um ser que jamais imaginei em mim morar,
rodopiei em torno de mim mesmo,
assustado com o que via;
era a minha autenticidade
invadida pela minha autenticidade,
ser um e ser dois, dentro da minha vã condição de querer ser um e no outro ser.

PRESENTIFICAÇÃO

Estou aqui,
posto nas formas de meu tempo,
mais uma vez,
apesar das ranhuras desse
outono.

Sem folhas secas
em que a nostalgia rola
pelas sarjetas de outros becos,
tomando nossos pés pela enxurrada
e devorando pelas águas nossa mente,
nossa memória e nossa fonte.

Apocalipse agora,
entoando a intensa prisão dos lamentos,
os sete cavaleiros ao longo da praias,
os sete serafins em prantos,
e a fome assolando os olhos hirtos.
Estou aqui,
posto nas formas de meu
tempo.

As forças do outono estão concentradas em alguns elementos que parecem equivaler aos princípios fundamentais do poético. Digo poético no sentido essencial da arte e não apenas da noção de poético, presente no poema ou, melhor dizendo, da arte da palavra. É evidente que as demais estações do ano trazem em si, suas peculiaridades sobejamente conhecidas e que revelam suas formas expressivas de ser, por exemplo, *primavera, verão e inverno,* revelando miticamente os ciclos da vida e as nuanças desses ciclos. Entretanto, o que nos move para o *outono* e nos motivou a escolher essa estação para alegorizar esse livro de filetes poéticos, foi alguma coisa de especial que pude perceber nesta estação e que cria uma noção de alheamento dela em relação às demais. Talvez, nas demais estações, os feixes semânticos, no caso do outono, o teor alegórico não se apresenta de maneira explícita e os pontos em que essa explicitude se manifesta (os frutos), são relegados pela expressividade mais simbólica e menos explícita. Nisso reside aquele caráter ambíguo que já nos referimos em passagens anteriores.

CARREFOUR DE ESTILOS

No ir e vir dos estilos,
outros tempos em outros veios,
resgatam formas e recrutam
movimentos
na busca dos suspiros de outras eras.
Até mesmo Van Gogh,
com o olhar de soslaio,
foi buscar em Delacroix
a forma de Caravaggio.
Contrariando Camões,
nem sempre as vontades mudam com as mudanças dos tempos.
A vertical vontade de captar o indizível,
pode se manter intacta por todos os séculos dos séculos.

PASSAMENTO

Nenhum tipo de rumor
se compara ao rumor da mente
em profusão de pensamento
exposto ao sol
e ao tom maior do tormento.
Nenhum tipo de rumor
se iguala à invasão dos sonhos
elevado ao pesadelo
e povoado por fantasmas.
As finas linhas do medo,
enclausuradas nos olhos
enxequetados de espesso
turbilhão de segredos,
provocam todo o degredo
mais além da lua nova.

PERJÚRIO DO VAZIO

Diante desta condição
branca de palavra,
faço-me ausente de mim
para que possa embalar-me
nessa esfera de vazios-plenos
em agonia,
desfeita em sons nas plagas
de sentido remoto
e de presente incerto de formas,
em gestação e de dores
mitigadas,
em plasmação de gestos
que se perderiam por aí,
de não saber porquê,
só na brisa que vai e vem,
sem ter o tom da causa
do embora,
que concede o vão desvio
no entre fio do sentido,
baço
vasculhando os poros
no perdido eco
oculto do sombrio bosque.

Destituição das cores da natureza, sobretudo, o verde e seus matizes, tons e entretons de verde que vai do verde-verde, passando pelo verde claro ou verde água, dos brotinhos das eravas em fase de desenvolvimento, daí ao verde adulto das folhas firmes no ápice do verão, e daí ao verde-musgo, já no último suspiro da intensa verdejância. Essa verdejância que não chega a exibir o caráter eufórico da primavera e nem o caráter disfórico do cinéreo inverno, traz uma exuberância de austeridade e beleza que confere um teor de originalidade, que autores como Marcel Proust, conseguiram expressar com sabedoria em sua ímpar narrativa, e pintores como Piet Mondrian, souberam flagrar de maneira ímpar nos seus quadros, da primeira fase de realização, na representação de árvores e de renques de árvores ao crepúsculo.

Entretanto, o outono se oferece aos nossos olhos e ao nosso espírito por uma entrada especial, diferente, distanciada e ao mesmo tempo muito próxima, primando por um conjunto de elementos que se revelam, de maneira imediata, como uma metáfora da natureza que não espera ser lida ou ser decodificada, mas que se oferece como uma obra de arte que nos espia sem exigir de nós nenhuma menção de leitura ou de interpretação que atue como modo de espraiar-se diante de nós.

OS DESENHOS DA POESIA

Revolver nestes versos,
como o movimento circular
de serpentes,
como pentes mergulhados
entre fios de cabelos,
como semente
dentro da casca;
revolver tudo isso
é fazer do signo
todo o embaraço
deste enlace multiforme,
deste certeiro trilhar
da poesia,
que cicia
depois de uma chuva outonal.

O OUTRO EM MIM

Aquele barulho
externo a mim,
provocou,
dentro de meu ser,
uma bolha de dor
e uma fome de estranha
fonte de querer,
sem que o risco de viver
viesse visitar as formas
do dentro
e o desenho do fora.
Não sei mais ser,
a não ser no barulho
que era de fora,
que se fez de dentro,
no meu outro ser.

ALVORECER AMOROSO

Nesta manhã, entre folhas
e brisas ruminantes,
princípio das formas
se perdem no espaço,
traço pendente de um desvio,
manhã voraz que me olha
e não se entrega
ao triste passamento
de uma espera,
que vocifera pelos ares,
por todos os cantos,
e sem cessar,
meus olhos vão buscando
a última forma de um amor
sem fim.

O trabalho de arte e especificamente o trabalho da arte poética possui peculiaridades que devem ser tratadas de maneira cuidadosa e precisa dentro de critérios delicados mas rígidos. As feições do poema, sua natureza quase "milagrosa" de organizar os signos verbais, exigem daquele que o recebe cuidados especiais para que seja possível gerar uma sintonia harmoniosa, para não dizer compatível, entre o discurso poético e o receptor da mensagem. O uso da palavra "harmoniosa" requer, por sua vez, atenção para que não seja mal compreendida. Entre um texto artístico como sói ocorrer com um poema e o seu receptor, a bem da verdade não deve haver "harmonia" para que se instaure o que poderíamos denominar de boa leitura ou boa relação entre ambos.

Tentando elucidar a questão: ocorre uma distinção de graus entre a natureza do discurso poético e o universo do leitor. O discurso do leitor consiste num discurso referencial, prosaico, integrado ao mundanismo alimentado pela coloquialidade e, sobretudo, consiste em discursos alimentados por valores pessoais, tudo isso interferindo na relação com o discurso poético que possui suas marcas próprias, voltadas para a isenção metafórica, de caráter plurissignificativo, um discurso em que a linguagem atinge uma esfera mais elevada de significação, em que as palavras são motivadas em todas as suas camadas de manifestação.

Essa semiótica conotativa pertence a um piso na esfera da linguagem, enquanto a linguagem do receptor pertence a uma semiótica do primeiro piso, com defeitos na construção por tempo de uso e por deterioração do tempo e a falta de cuidados do usuário. A comparação de que nos valemos foi na tentativa de ilustrar esses dois patamares da linguagem e mostrar que sua relação não pode ser exatamente de harmonia. Mediante tais elucidações, o discurso poético atua como desencadeador de um movimento no universo emocional e mental no leitor, de modo a retirá-lo daquele estado acima descrito, e gerar nele uma dinâmica espiritual e de inteligência por meio de uma espécie de "desarmonia" que possa demovê-lo e reconduzi-lo àquela harmonia a que nos referimos no início desta reflexão.

As primazias no trabalho poético trazem muitos dispositivos que não podem ser simplificados sob risco de denegrimos a sua verdadeira natureza. São muitos os componentes que concorrem para a realização efetiva de um poema. O que é mais complexo nesse fenômeno é o fato de ser um *fenômeno*. Os elementos que concorrem para que se atinja uma dimensão ideal do poema, pertencem a instâncias distintas e se interpenetram de maneira profusa e harmônica, de maneira indivisível.

Nesse sentido, são falsas ou ao menos ilusórias as várias tentativas dos tratados de estudos do poema que tentam esmiuçar as suas várias camadas acreditando, ao fazer isso, estar elucidando o poema, explicitando a sua estrutura e as articulações de suas maquinarias internas, bem como seus gestos de significação. A linguagem do poema, ou seu universo sincrético, é constituído por um comportamento *motivado,* e nisso reside o princípio modulador de seus ingredientes constitutivos. Pensando aqui nas camadas linguísticas e retóricas que compõem a linguagem do poema e pensando no processo de motivação de cada uma dessas camadas, dependendo do grau de elevação da motivação da linguagem nas suas camadas e do grau de articulação entre cada uma delas com a outra nutrindo o efeito expressivo por meio do que denominamos "signo complexo" ou metáfora complexa", teremos maior ou menor gama de dificuldade na interação do poema com o receptor: maior será a distância entre o discurso poético e o receptor.

Portanto, para que se realize um bom procedimento interativo entre os dois discursos (do leitor e do poema), é decisivo que o grau cultural e a competência linguística do leitor sejam bem-definidos ou, se possível, bastante elevados. Não adianta acreditarmos que haja sensibilidade por parte do leitor. É necessário bem mais que isso.

CORTE DAS HORAS

Nesses dias,
nessas horas,
resta-me o sentimento
de *motuo perpetuo*
que acelera
o próprio movimento
de minha vida.
Vida contínua em forma
morna de tenra fatia
de pão fermentado,
a vasculhar as linhas
fatias de massa que passa
entre os dentes e a saliva
polvilhada de alecrim.

OS CACOS VIVOS DA MEMÓRIA

Os resíduos quebradiços
da memória
surgem do ventre
e respondem
aos fantasmas dos sentidos.
Deparam com umbigos
enclausurados
e vertem ossos da vivência.
Esses resíduos
formam vértebras rijas
e se fixam aos nossos olhos
como vasos sanguíneos,
entre fixados,
doídos,
vívidos no tempo,
derretido e morto.

SUBVERSÃO POÉTICA

Quando a imagem se contorce
sem saber como sair,
quando o próprio verso é reverso
e não consegue resistir,
é porque a forma incauta
está se negando a existir.
O poema traz em si um mistério
que se revela no ato
e se apresenta inflamável
aos olhos de quem o inventa,
rebento fora da imagem
miragem fora do tempo.

"MON COEUR MIS A NU"

Sinto-me aqui, modulando o beiral do edifício que estou acabando de construir. Essa última fileira de telhas que compõe o telhado, representa o final de apoio e ao mesmo tempo o princípio de tudo o que tenho para apresentar ao leitor de *neste livro,* que traz como fundamento estético a poesia (poema lírico mais especificamente), e a reflexão sobre a arte e, sobretudo, a arte poética. Devo salientar que neste livro me exponho como poeta e como pensador de poesia da maneira mais despida possível. Diria que aqui me proponho a professar, diante da palavra e diante do leitor, que porventura se propuser a ler alguns de meus versos.

O uso da palavra "professar" foi extraído de seu sentido próprio no exercício de ensinar. O verdadeiro professor é aquele que professa, isto é, consegue, da forma mais genuína, despir-se das amarras que possam prendê-lo a valores, chegando a desmascarar as nódoas sociais que possam porventura, mascará-lo de certa forma, para atingir da maneira mais preciosa, mais pura, mais cristalina seu ser para dispor-se a levar o conhecimento, a sabedoria, a visão de mundo aos seus alunos.

Compreendendo a transferência dessa significação para o poeta e pensador que nesta obra se declara, desde o primeiro traço gráfico que desenhei no papel em branco, com a intenção de compor o desenho que acabou por se conformar ao logo destas páginas, deixei que a disponibilidade e atitude do poeta e do indivíduo se conjugassem para que fosse possível cumprir a minha missão. Deixei se manifestar, inclusive, algumas ranhuras, alguns vestígios de minhas mãos que aqui\acolá indiciaram marcas de minha pessoa. Se minha obra atingisse a excelência de um diamante, dir-se-ia que seriam os defeitos de uma pedra tão nobre. Até mesmo o texto que agora redijo e que me proponho a redigir, vem corroborar o que aqui asseguro. Consiste na primeira vez que teço esse tipo de pensamento, sem o qual, o trabalho não atingiria o seu escopo.

CONTRIÇÃO

Não reconheci,
no delineio de seu gesto,
o desenho do abraço
que me prometeu.
E fiquei assim,
com os olhos hirtos,
com a boca seca
e com as mãos travadas,
sem saber o porquê.
Além de todo o vazio
constrito,
quase infinito,
do meu padecer.

EXERCÍCIO DA RUÍNA

Este exercício atroz
dos meus tormentos
em que a palavra
é o algoz e o anjo
de meus gestos,
que buscam pelas frestas
o mistério amargo do universo;
esse exercício tolo
sem eira nem beira,
que beira o suicídio,
salta de repente pelas
ruínas de meu ser
e plasma pelas planícies
de meu ventre
e rodopia entre dentes,
pela língua e pelo tom
da vida e se mastiga
em signos crespos
de motivos livres.

O AVESSO DO OUTONO
(ode sazonal)

No avançar da estação,
o destino da natureza se esvai
e todas as formas se integram
para desenharem os volteios dos ventos
alísios
e harmônicos, entre os renques de árvores
em tons verdes e matizes que se contrastam,
e ao mesmo tempo se interagem,
como interage a fonte de vida no seu recomeço,
embebido pela luz solar
que penetra calmamente pelas frinchas
e se comprazem dentro da altiva forma
de todos os meios,
em todos os momentos do dia,
e da tarde,
e da noite que se fecha como grades,
e como fontes de irrisória fantasia
do entreposto.

Ígneas formas do impossível
em que a natureza se ajoelha
diante da impulsão de fogo e de mistério,
nesta inesgotável fonte de vitalidade;
contrapõe-se ao vento e aos bosques
esse pontilhar de veemência
que de nada pode se livrar

dentro desse ir e vir de sons e de linhas
que se formam e se dispõem
pelas trilhas de desencontro,
que nos demovem da crueldade das gardênias;
pela dor da beleza que se encerra,
nesta intacta perversidade,
que alimenta a crudelíssima
e violenta violeta seca
com seu olhar de soslaio,
para se insurgir antes do pôr do sol
e antes de todas as folhas caírem,
caírem para anunciarem os frutos
que haverão de crescer
sadios e saborosos
para que depois,
maduros,
caiam no verde campo da estação madura,
ou que sejam apanhados,
colhidos com as mãos que os tocam,
e os colham,
com o desejo mais puro
de os conduzir à boca,
e os sorver, como frutos da terra
fértil, terra sem devassidão,
depois de nutrir com esses frutos,
o corpo carente,
ao alvorecer, sem limites
e sem formas de sanções.
O fruto da terra deve ser mordido,
com dentes afiados,
saboreado pela colorida
e plena de vontade,

para que o sulco escorra dos lábios
para o rosto inteiro
e que depois, as formas do sabor
derramem sobre a relva e dela,
caiam as sementes,
puras sementes, plenas de vida.
Em potência, e dessa relva
que rastreia plena colina,
cresçam novos ramos, belos ramos.

Solilóquio de umas fantasias,
a beleza fundida a uma dor
ou a dor transformada em beleza.
Besta profusão de morte e morte
das cenas de uma na forma desenha
da outra que se arrasta pela consciência,
não delimitada da outra
que forja a própria extensão da solidão,
estendida pela natureza e realçada
na dor alinhavada do mito e do perdão,
que envolve o sentimento do amor e da consciência,
da beleza que se arrasta
vagamente diante do corpo que ondeia,
às leves nuanças do entardecer do outono
em que o sol levante, atinge as últimas formas da intensidade de seus raios, para anunciar sua morte e escuridão que há de vir ou que já está se assentando sobre o mundo, e sobre os arvoredos, e sobre nossos corações e nossas possibilidades de ver, além do que a clareza da luz solar nos revela.
Toda a indocilidade
que tende a invadir o coração dos homens
é neutralizada pela pureza da terra
e dos frutos que ela produz.
Quando colocamos os pés na terra,
quando tocamos a terra de alguma maneira,
quando nos tornamos destemidos por tocar a terra,
sentimo-nos mais próximos de nós mesmos,
sentimo-nos mais em paz com nossa condição de existentes,
e mais potentes
diante nós mesmos.
"Olhai os lírios do campo

e vede como florescem.
Olhai os pombos nos ninhos
E vede como tecem seu árduo trabalho.
Não olheis para o passado,
nem para o futuro,
pois cada dia já nos dá muito trabalho."

A intensidade da luz recai
sobre meus olhos
que esperam recobrir a própria luz.
A luz invade os postos indefinidos
do impulso da dor
que o espírito resgata
advindo de todo o esplendor,
sem que nossas forças consigam
se expressar na leveza do tom
ou no alvorecer da vontade.

Extrema força de equilibrar
entre a vida e a morte,
brindadas no apogeu de todos
os pesares eufóricos,
dentro do desterro
que encerra os pontos obscuros
do silêncio, neste eterno solilóquio,
esse monólogo sem fim
como se uma língua ignóbil
apenas aprendesse a se postar
diante da voz eterna
que tivesse um ouvido único,
mantido ao ruído do vento,
nas partes de sofrimento e de extrema
beleza nas áreas descampadas
de nossa alma devastada,
à espera de um frêmito soluçar
do pranto,
em lépido e equilátero volteio,
dessa geometria que delineiam formas
voláteis

Schönberg rompe com a melodia
maquiadora das emoções
e cria a límpida, e volátil, e esquemática
visão do que atua como imbricação
do ocaso e da noite, em estado
de completa sinfonia
nesse outono que não pode ser
estilizado,
sob o perigo de uma traição da natureza
se irritar com a abstração
dessa música
que disseca as fontes da poesia,
nesses agudos
que indiciam a cortante lâmina
da limpeza arguta do punhal
ângelus, pranteiam o mote da morte
mitificada pela eterno retorno
e pela própria errata desta inveterada
condição da vida encarcerada,
entre as vertigens da mesma condição
comprimida entre o ser e o não ser
da tradição marcada pelo trágico
desvio
ou pelo trágico desassossego,
mediante todas os passos desenhados
na areia molhada
que conformam a condição humana
denunciada pelo nascimento
e confirmada andamento,
nisso que se chama vida,
em plena circulação de todas
as voltas em torno de mim mesmo,

cabisbaixo e sonolento,
nesse estágio em que a natureza
se nega a participar de nosso ciclo,
e que todos os caminhos permanecem
como que ignorantes de nossa jornada;
esse outono possui existência
eterna, dimensões densas
e espessura
cuja densidade não se extravasa
na instância do mim
que nele se projeta,
como se fosse uma densa corte
das famigeradas forças da natureza,
injetadas no sujeito que dela se porta
sem que consiga se separar,
mas que tudo se coaduna
em forma de enigma
que saiu da terra e para a terra
voltou, nas mesmas
malhas compostas por tecidos
invisíveis, que circulam
a volta de todos os pontos
que apontam para centro de nossa jornada.
Nesse exaurido pulsar
entre uma ponte e outra,
tendo no meio um rio intransponível.
Antes mesmo que se acelerem
os passos, ou antes mesmo que os desvios sejam
transformados em estradas principais, volveremos
pelos canais ditados pela sorte,
e apressaremos a olhar do alto
para divisar o ponto extremo.

Acentuam-se nesses tempos
as gamas das vontades
e o peso da miséria
que interferem em todas as formas
de viver ou de tentar viver entre
esses fios de arame,
que não permitem a passagem
para o outro lado
e que fiquemos aqui,
neste campo blindado
para negociarmos o perdão,
que negociemos o meio
de pagarmos os juros
do inusitado,
dentro do tempo previsto
e dentro dos caminhos plausíveis
para que tudo se possa resolver
o mais breve possível.
Nos tempos da reconciliação,
tudo era oferecido aos nossos
olhos e às nossas mãos
como forma de prêmio
pelo nosso silêncio
e pela nossa abnegação.
Agora, os tempos mudaram
e fugiram de nós como fugaz
forma de preservação.

O tom do outono se concentra
nas mesmas formas do pêndulo
que oscila no tempo,
e na hora que se embate
no silêncio perdido na madrugada.

O tom do outono se gesticula
nas formas da música que se inflama
no cair da tarde que anoitece,
antes da hora que se anuncia.
Música abstrata,
não langorosa e quase sem melodia;
música que o ouvido aprende a ouvir
no finíssimo silêncio do espaço infindo.

Música que Mahler iniciou sentindo,
pelo pensamento, a intensidade
ao caminho do dentro por dentro,
da forma invisível sem a pueril entrega
e que só o avesso do outono se refaz,
perdido na perdida fonte do inesquecível
segredo dos ventos e dos ruídos moucos.

É sobejamente sabido que a poesia consiste num exercício do pensamento por imagem e essa concepção já foi discutida pelos mais lúcidos estudiosos e criadores, entre eles o cineasta russo S. Eisenstein. Esse fundamento do poema, esse princípio ativo que o rege justifica todos os seus atributos e seu poder de impacto na mente de quem o lê. A imagem iconiza o signo verbal e estimula nossa percepção de modo a enriquecer, sobremaneira, os sentidos.

O princípio teórico do pensamento sobre o poético e de suas relações tensas com a linguagem foi formulado por outro teórico do formalismo russo, Roman Jakobson. Entre seus ensaios, destacamos aqui *Linguística e Poética,* em que aborda as questões das funções da linguagem e destaca sua teoria sobre a função poética da linguagem. É fundamental a visão teórica de Jakobson sobre o procedimento interno da função poética.

Voltaremos ao tema logo mais.

Música que Debussy conduziu
a efeitos divinais dentro de uma
antifiguração dos sons pela melodia,
atingindo uma forma abstrata aos ouvidos
e à mente, vendo na música o poético,
essencial à poesia, buscando em Verlaine
o veio primordial e elevando o poético
da música, em que as vozes dos instrumentos
e a vaguidão aparente dos intervalos
acabam por preencher o que o ouvinte
tem de preencher por seu espaço interior.
Música em que Schönberg
plasmou o dodecafonismo,
posto na pauta musical *lepensée
abstraite,* como o fizera Debussy
nessa esplendia descoberta da abstração
da antimelodia, para que fosse possível
nos conduzir à dialética do absurdo
na música, como o fizeram Brecht Becket
e Jean Genet, no teatro antimimético.
O que denomino de "avesso do outono",
conjuga todas essas vertentes
que passam pela visão de mundo
e, sobretudo, pelas coisas do mundo
perpassado pela visão estética e
semiótica das coisas e dos seres.

COMPASSO

Olho pela janela
e recorto o trecho
do mundo que vejo.
A rua movente
de gente que passa
e repassa com a sombra
na forma de tempo.
Olho pela janela
e refaço o trecho
do mundo que se move
no passo de quem passa,
movo-me no espaço
do tempo que passa.

ESQUIVA VISÃO

Olho no agora
e vislumbro a hora,
em forma de neblina,
que esconde o tom de fora.
Olho pro passado
e nada vejo
além do relampejo
de tempos idos
e carcomidos
pelos cupins sorrateiros,
que sobem pelas paredes
e formam lembranças,
lanças de pontas,
destruídas
de outrora.

Na mesma direção da reflexão anterior, pode-se afirmar que o poema consiste num *signo complexo* e a sua natureza é antilinear, possuindo uma estrutura sincrética. Seus elementos constitutivos se integram e geram uma sintonia correspondente de modo a elevar e enlevar as gamas de significação geradas pela linguagem.

DESVIO DE MEUS LAMENTOS

Meus olhos flagraram,
          no início da noite fria,
ruídos desses lamentos,
fortes rajadas de arrepios.
Vasculhei pelos recantos,
implorei aos deuses,
visitei os nichos, chorei.
Mesmo assim,
de nada adiantou o intento
de encontrar a luz perdida
das formas de meus tormentos,
aqui, neste fim de dia.
Mesmo assim, escondi minhas mágoas
dentro de uma caixa de amianto.

NATUREZA MORTA COM PÊSSEGOS FRESCOS

Do barroco aos demais
volteios da pintura,
os frutos da terra
são nas telas a morte
em vida, que se forma
na cor e na forma repentina,
que vivifica aos olhos
e neles se iluminam.
Aqui, a mesa se espraia
marfínea, a branca toalha
com o jarro azul cristalino,
e, ao lado, delicados, aveludados,
amarelos com matizes laranja,
os lindos pêssegos, são três,
completando a composição.

OS FRUTOS DA TERRA

Os frutos da terra
trazem em si uma beleza,
uma identidade na forma,
na cor e na energia,
que se torna impossível
querer conferir o sentido
verbal em um poema.
As frutas vermelhas, como
as amoras e as cerejas,
preservam a libido
na sensualidade
de suas faces,
de seus olhos,
de seu tremeluzir,
seja nos galhos
em que vivem,
ou na bandeja de prata
em que são servidas.

O *signo complexo* equivale ao que denominamos de *metáfora discursiva* que sustenta a estrutura do poema lírico. Não nos referimos aqui a metáfora isolada, como figura de linguagem ou tropo. Não se trata da figura grifável no corpo do texto. Tratamos no caso do engendramento metafórico do discurso, que envolve todos os ingredientes linguísticos paródicos e retóricos que se integram na construção do poema, propiciando a construção da significação do poema, a sua isotopia.

AS CEREJAS

Na lentidão
que o metre conduziu
a retirada dos talheres
e das porcelanas do jantar,
jurei que não sairia
tão cedo do restaurante.
E ele me olhava,
com olhos de sobremesa:
- posso lhe oferecer a sobremesa, senhor?
E colocou diante de mim,
lindas cerejas com finos talos.
Ao olhar para as frutas,
vi que eram seus olhos,
as duas que faltavam no prato
e eram mais negras.
Tomei a primeira e a sorvi.
Olhamo-nos, sorrimo-nos
e depois parti.

OS FRUTOS DA TERRA (VAN GOGH)

O olhar de Van Gogh
possuía o tom do corpo inteiro
e penetrava os veios
do invisível.
As frutas e as flores
metamorfosearam-se
em signos invioláveis
da arte e da vida.
A natureza passou
a lhe render graças
e o mundo o glorificou:
ceifou trigais e embebedou
girassóis com antipétalas
e miolos com olhar humano
e carcomido.

DEBUSSY

Nas trilha sonoras
de minha invenção,

Debussy ocupa
o espaço sonoro
que me instiga
com precisão.

Não é um espaço
espesso
nem retilíneo
nem contínuo.

Debussy goteja
notas sonoras
como goras,
que paira sobre
os frutos da terra
depois da chuva.

Uvas, ameixas, maçãs,
com faces rubras,
pontilhadas de notas
musicais de Debussy;
as teclas do piano
sobre o sol baço
de outono às direitas,

que respondem à noite,
no desenho da lua,
em *Clair de Lune*
ou nas fontes da beleza,
e da dor os brancos
espaços,
monocromáticos
das notas ardentes
do piano encantado.

Reassinalando as concepções de Northrop Frye, o movimento do poema possui uma direção *centrípeta,* ou seja, para dentro do discurso de natureza polissêmico. As relações que se instauram devem ser assim respeitadas para que se deem fluxos de sentido do poético. Sendo assim, não se pode confundir a direção de natureza *centrífuga,* qual seja, para fora, em que se instaura a relação literal entre o signo e o referente.

LUA PERDIDA LUA

Lua esquecida
no alto da noite alva,
altiva e fria noite,
do infinito destino
de forma indiscreta,
seleta escolha da fonte,
estelar da beleza
que falseia falsete
de lua cheia,
mais clara que areia,
nobre noite que reflete na areia,
lembrando da lua esquecida
e foi buscar na nuvem densa
a sua antiga maneira de amar,
as águas claras do mar.

DESENCONTRO RETÓRICO

Desatinado ritmo
da esfera prismática desses versos,
que se embatem e rebatem
pelos rochedos desta página,
correndo entre sons miraculosos
que interpenetram
e se modelam pelos meandros,
voluptuosos dos cascalhos
e pelas erupções de obstáculos,
e pelas formas cavadas de vales,
e por todos os becos dos terrenos
perdidos entre veredas
sonoras de um sono aflito.

MORANGOS SILVESTRES

Os morangos silvestres
foram apanhados
de suas ramas
e transportados
para o cinema como signo
simbólico da linguagem
de Bergman.
Nas iras do tempo
eles passaram a ter
a poção mágica da metáfora
e deixaram de ocupar seu lugar
no cestinho de vime.
Morangos, leite, mel,
fios da vida na sua
natureza primeva,
olhos vívidos
para o estar vivo em si
sem apoio de nada.

Na passagem do século XVIII para o século XIX, o poeta, filósofo e ensaísta alemão Hölderlin, refletindo sobre os gêneros literários, realiza uma das melhores considerações a respeito do poema lírico ao dizer que esse gênero consiste na metáfora contínua de um sentimento único. Esta assertiva do poeta alemão, requer cuidados pelo que ela traz de conceitos subliminares. A compreensão do conceito de metáfora enquanto figura de palavras, nuclear da retórica gerada pelo princípio da similaridade, num processo de interação sêmica dos traços de sentido; esse procedimento é contínuo para Hölderlin, gerando a dinâmica do discurso poético. Essa "metáfora contínua" é de um sentimento único, isto é singular.

INEXORÁVEL CONDIÇÃO

De nada adianta caminhar
sobre trilhos invisíveis,
se os girassóis perecem
à luz do dia.
De nada adianta.
De nada adianta implorar
ao sol levante,
que se deite fora da hora de costume,
pois todo o raio de sol
possui sua hora de acender
e de se pôr.
De nada adianta volver o coração
ao norte
se é ao sul que ele se dispõe a se virar
um pouco antes da meia-noite.

TEMPO CONTROVERSO

Do vazio da tarde
neblinada e vazia,
as formas iniciaram
 o seu contorno
e enviesaram
no fino tecido do tempo,
sem eira nem beira,
pedindo para ser preenchido
pelo vazio da espera.
Mas antes que o tempo se agite
na sua ungida fonte de demora,
a vida pulsa lá fora.

SEM LINHA, SEM LINHA

Novelo de linhas quebradiças,
enovela-se no sonâmbulo
carretel,
no qual outras linhas se enrolam;
ante que essas linhas se enredassem,
linhas quebradas
interceptam o caminhar da agulha,
linhas quebradiças,
carretel truncado,
recobro nessa forma violada
um sem-saída de novelos
sem função ativa
pura fonte de antilinhas

A evolução das formas da poesia lírica atingiu seu ponto alto de consciência e de complexidade no mundo ocidental, na França, com os poetas do simbolismo, Baudelaire, Mallarmé, Verlaine, Rimbaud e Valéry. Depois dessa poesia, inquestionavelmente de excelência, tinha-se a impressão que seria impossível se falar de um novo palco da poesia. A resposta veio no início do século XX, com poetas americanos: T.S. Eliot e Ezra Pound, que desenvolveram a teoria do *imagismo.* Por meio dessa teoria, surgiu o conceito de *correlato objetivo.*

Enganchadas rachaduras
desta insígnia forma
de loucura atroz,
perverte o pensamento
e ostenta os talos da lucidez;
pervertida entre portões antigos
e devaneios escondidos por ervas
daninhas, movediças ervas que sobem
e se colam nos arames fronteiriços
às velhas e potentes dobradiças,
nestes versos de outros tempos
trancafiados por cadeados
tomados por ferrugens corrosivas
como formas fixas em sonetos roucos.

Reduzi minhas mãos
aos prenúncios do incerto
para que as palavras
se insurgissem
pálidas,
temerosas de si mesmas,
e mesmo assim,
conseguissem assinalar
o caos do mundo inteiro,
e nos canteiros da memória,
reagissem aos céus
e a todos os pecados capitais
na sua cumplicidade,
com as formas mais indefinidas
do infinito.

Chega um tempo
que o encanto das coisas
perde o viço, mesmo que as tulipas
dos jardins da Holanda
floresçam na primavera.
Chega um tempo
que a brisa deixa de acalentar
o rosto no cair da tarde
e ganha assim, o tom do desencanto
trazendo as farpas das perdidas formas
e os olhos se tornam secos,
e o semblante ausente
no tombar do dia.
Os agudos e graves,
nos acordes do piano,
penetram de modo a balançar
o procedimento modulador
dos meus ouvidos
e ver no signo verbal,
o simulacro de uma vertigem.
Debussy, com sua música
rearranja o limite da palavra
e o eleva à condição
do que é, além da palavra
e aquém do mistério da poesia

ESPERANÇA

O frenético amanhecer
de uma esperança
trava as mãos,
enrola o rabo,
e passa a rastejar
como bichos da terra
ou como bichos comedores
de formiga,
tamanduás, tatus
e outras formas que andam
pelos buracos,
sem se aperceber
que a esperança
não existe,
apesar de fazer saltar a realidade
e urinar fora do vaso,
no buraco dos ocos
do tamanho do nada.

CORRELATO OBJETIVO

A única maneira de expressar emoção na forma de arte é encontrar um "correlato objetivo", em outras palavras, um conjunto de objetos, uma situação, uma cadeia de eventos que serão fórmula dessa emoção particular, de tal forma que quando os fatos externos, que devem terminar na experiência sensorial, são dados, a emoção como um contraste com o lugar. De acordo com Eliot, os sentimentos de Hamlet não são suficientemente apoiados pela história e os outros personagens que o cercam. O objetivo do correlativo objetivo é expressar as emoções do personagem, mostrando em vez de descrever sentimentos, como discutido anteriormente por Platão...

TRAVESTIMENTO POÉTICO

Ao crepúsculo,
o poema quer ser poema
com tudo o que tem de direito;
unhas esmaltadas,
lábios carnosos
com batom francês,
até mesmo cabelos pintados
de uma cor diferente.
Rente aos olhos,
nos cílios postiços,
o poema quer um composto
de cor e de paixão.

VERSOS ANTIGOS

Língua disforme que intimida monstros
em busca de uma forma que lhe dê alívio,
flor do lácio, perdida em noite escura,
onde o bêbedo poeta lhe sorveu o viço.

Hoje, língua impura a suplicar aos pobres,
o alimento da virtude, do som e do sentido,
só lhe resta mendigar farelos de versos,
metáforas cáusticas, com pés quebrados.

Rimas pobres e outros desconcertos,
sem o choro da musa, oh língua, eu te reergo,
com esforço, nos meus parcos passamentos.

Nesta forma eterna de fixar tua fôrma,
língua, vibrante língua hás de reinar eterna
nos versos que hão de matizar teu nome.

PAISAGEM

Vibração das formas
blindadas pelos fossos densos
com suas mansardas
voltadas por pilhas de madeiras,
feixos de luz que sustentam
eiras de telhados
próximos do poço.

Encosto abaulado de eterno silêncio,
ao longe, uma terna mancha
fronteiriça se confunde
com o espantalho de palha e vime,
com os braços abertos
ao sol, baço sem luz,
naquela manhã morna,
tange o vento ao sul

CENA EXPRESSIONISTA

O paletó azul segue pele gramado verde;
uma menina ruiva de cabelos
espessos abre os botões do vestido amarelo,
com rosáceas roxas e caramelo;
os olhos verdes da menina-moça
se abrem mais e mais,
na proporção que abria seu vestido,
deixando aparecer o alvo corpo magro
com sardas.

O paletó azul continua a caminhar
pelo gramado verde.

CENA EXPRESSIONISTA 2

A manhã outonal
se banhava de prata
entre neblinas e brisas;
o arbóreo das formas se revitalizaram
com o surgimento do sol,
de um tênue amarelo
disfarçado, em marfim.

Apenas de uma janela,
velha, carcomida,
batentes rachados e negros,
entreaberta, a figura de
uma mulher magra, muito magra,
vestida de preto, com *fichu* preto;
muitas rugas, olhos frios;
das carpideiras italianas,
olhava para o vazio, cor de prata
daquela manhã de outono.

CENA IMPRESSIONISTA

Barcos passam ao longe em
pontilhismos de água vibrante
multiforme e multicolorida;
o azul se mescla a cores
indivisíveis,
que a visão suplica
precisão das formas.
No barco, se nota o sombreio
de uma mulher,
que se mistura à luz das águas turvas.
Ela leva ao colo um lenço leve, palha
do tom do chapéu que cobre sua linda cabeça.
Matizes de outono, rodeados de flores
que navegam à luz do entardecer,
por onde a vida se torna traços
imersos nos sonhos e nos compassos
da música de Debussy.

Paul Valéry, poeta e ensaísta francês, um dos pensadores mais argutos e refinados sobre literatura e, sobretudo, sobre poesia, escreveu ensaios memoráveis que lançam luzes inquietantes e inquestionáveis sobre a natureza da linguagem poética. São muitos os textos reflexivos de Valéry e um deles elegem aqui neste comentário pela pertinência do momento. Trata-se do ensaio *Souvenirs Poétiques,* conferência proferida em Bruxelas, em 1941. O pensador discute questões concernentes à poesia e as diferenças fundamentais entre o verdadeiro poema e aqueles que se maquiam de poesia, num jogo retórico sem sentido. O texto é fantástico, mas o que queremos assinalar aqui, é uma metáfora que ele usa para caracterizar o poema genuíno. Segundo o poeta, o verdadeiro poema é similar a uma corda rigidamente esticada que não cede a nenhuma força externa, ela não bambeia. Ao contrário, quanto mais a corda se afrouxa, menos poético é o texto dito poético.

As formas
que giram
em torno de mim,
são formas argutas
que riem sem fim.
À noite, elas voltam
como aranhas vivas,
costas carcomidas,
peludas e pontiagudas;
dançam em torno de mim
e em rodopios,
pousam no meu peito
e, no leito, farejam meu fim.

Eu também tenho apenas duas mãos
e o sentimento do mundo,
mas me esqueço do que podem
meus dedos realizarem
e o mundo é grande.
Minhas mãos trabalham dia e noite
no teclado que dá forma aos meus medos,
mesmo que para isso
eu tenha de morrer a cada dia;
suicidar-me diante de mim mesmo,
antes mesmo do mundo vir rolando
e tombar diante de meus dedos.
Imaginei que meus dedos
atuassem por conta própria.
Que o universo de signos
independessem de minha mente.
Meus dedos fazem apenas
o que querem.
Os dedos são entidades
poéticas e vivazes,
íntimas amigas dos signos
e dos versos.
Nem mesmo o sol procria dedos,
mas todos os dedos procuram o sol.

Dentro da teoria de Jakobson, a função poética da linguagem "projeta o princípio de equivalência do eixo de seleção sobre o eixo de combinação". Essa assertiva é decisiva para que se compreenda o mecanismo de articulação da linguagem poética. O eixo de seleção diz respeito ao eixo paradigmático da língua, enquanto o eixo de combinação diz respeito ao eixo sintagmático.

Na montagem da linguagem poética, a organização da mensagem é especial, não se iguala à montagem da linguagem comum de natureza referencial. O discurso poético é montado de maneira a compor o processo de equivalência entre os dois eixos que se refletem e se refratam simultaneamente. Para que isso ocorra de forma precisa, as camadas constitutivas da língua devem ser trabalhadas, também, de maneira correspondente, em que uma se sobreponha à outra.

Os elementos das camadas do poema não devem concorrer, mas se corresponder. Todos os elementos eleitos na composição de um poema devem ser respeitados como pertinentes e relevantes para a compleição do texto poético.

Estes versos são escritos
sob o som das sonatas de Mozart.
Na música, os dedos atuam
como as fragatas do espírito
que vasculham o canto do pássaro
e depois, busca em Deus uma divindade
escondida que o teclado infinito
lamenta por não poder ouvir a voz do vento.
O rápido ritmo de Mozart
vem de um lugar apenas
de luz,
onde meus dedos,
nestes versos,
tentam acompanhar.

À tardinha,
quando o sol do outono
anunciava sua morte,
Van Gogh se apressava
com sua tela vazia,
com seus pincéis e tintas,
para captar o último gesto do dia,
para que suas mãos, seus dedos,
não perdessem suas nuanças
em tons de amarelo,
laranja e marrom.

Seus dedos sabiam
que a vida é efêmera
e a arte é eterna.

Nestes tempos neblinados
de outono,
as flores se tornam tímidas,
algumas apenas entre folhas
verdes que restaram.
Chamou-me a atenção,
num jardim abandonado,
uma rósea azaleia, entre folhas;
ela era a medida da clemência,
pedia mil perdões por ter nascido,
e visitava, não o jardim das delícias,
mas o recanto infernal das folhas secas,
pois se fosse lá,
Hieronymus Bosch
jamais a teria pintado.

Existe um ensaio curto, perspicaz e primoroso sobre a função poética do já citado Roman Jakobson, presente na obra *Questions de Poétique*. O pequeno ensaio foi traduzido para o português sob o título "O Dominante", no livro teoria literária em suas fontes, obra organizada por Luiz Costa Lima. Nesse ensaio, Jakobson vai analisar a questão das demais funções emotiva, conotativa, referencial, fática e metalinguística, e suas relações com os movimentos estéticos dos períodos e destacar a questão da função poética como dominante no trabalho de arte. O texto do grande pesquisador nos conduziu a algumas reflexões sobre a relação entre a função poética e as demais funções. Passaremos a abordar a questão na próxima nota-comentário.

Partindo dos princípios de Jakobson, em cada época, o estilo determinante possui seis funções da linguagem como capaz de lhe conferir seu estatuto e suas características. Exemplificando, a arte renascentista possui a função referencial como o tônus de seu perfil. Num soneto de Camões, essa função se mostra de maneira inconfundível. Na arte romântica, a função emotiva da linguagem é que dita o seu perfil e assim por diante. Entretanto, em todas as épocas, em todos os estilos, seja o renascentista, seja o barroco, seja o romântico, a função poética será a dominante com toda a sua pujança. Onde isso não ocorrer, não ocorrerá a verdadeira arte poética. Algo que deve ficar muito claro é o seguinte: num determinado texto artístico, mais de uma função se manifesta, porém, entre elas, uma atua como segunda função que caracteriza o estilo do texto e as marcas de seu período. Sobre ela, a função poética deve atuar como a dominante e determina o caráter do texto enquanto texto poético.

Em tempo: essas notas concernentes ao poético e às suas nuanças expressivas, têm como escopo refletir de maneira específica sobre o gênero poético recortado no poema lírico. No entanto, devemos esclarecer que nosso pensamento contempla o tempo todo a literatura em geral na sua peculiaridade, enquanto discurso expressivo e conotativo. Todo discurso que é engendrado pelo poético na sua forma genuína de ser, pode ser considerado literatura desde que seja construído pelo princípio da *literariedade.* Princípio este que se opõe ao discurso regido pela *literalidade.* Entre os dois princípios, há um ponto que os interliga mas que não os confunde. O discurso literal tem a função referencial como propulsora, a relação entre a linguagem e o referente é direta; trata-se de um discurso denotativo, por isso, literal. Já o discurso em que a literariedade se manifesta a função poética predomina, tratando-se de um discurso conotativo, plurissignificativo.

O teor de literalidade determina todos os gêneros literários. Não se reduz ao texto poético em forma de poema, ou mais especificamente, ao poema lírico. O que devemos perceber é o modo como o efeito da literalidade se manifesta em cada gênero para que seja possível compreendê-lo e compreender a forma de movimentação da linguagem no seu interior. Ao falarmos em "poética da narrativa" estamos, na verdade, aludindo à forma de expressão narrativa permeada de literariedade. Claro que está que o gênero narrativo, além de possuir suas peculiaridades estruturais que se distinguem daquelas do poema lírico, possui também o mesmo teor poético que o diferencia da linguagem conceitual. Olhar para o texto narrativo apenas detectando suas dimensões de gênero (tempo, espaço, ação, foco narrativo etc.) sem penetrar no seu reino poético, sem se aperceber de seu ritmo e de suas manifestações retorças, e de sua poesia, é perder a seiva essencial do que o faz literário, é passar um rolo compressor sobre a literariedade do texto.

Todas as metáforas de uso são
nojentas.
Na perdida forma de temas,
diluídos e mofados,
as imagens se diluem
na diluição cadavérica
das bolas envenenadas
indigestas e esfaimadas.
Corações partidos,
olhos molhados,
retalhados, aos pedaços,
dão ânsia de vômito,
que nos conduzem ao esgoto,
distantes de qualquer
sombra de poesia.

Pediram-me que compusesse
um poema de amor
no estilo romântico.
Depois de passar uma noite
em claro,
com os olhos arregalados,
decidi compor o poema.
Meus dedos foram travando,
os ossinhos se entortando,
depois foi indo para o corpo inteiro;
fiquei assim com a vida toda entravada
e não consegui fazer o poema de amor.

Ouço Mozart,
e o colapso do teclado
invade meus sentidos.
E o trinido dos sentidos
invadem o teclado.
Elos sonoros vibram
em amarelo claro
e dentro da noite,
meu ser clareia ao tom
desse dizer pela pele
e por algum recanto
de minhas pulsações de encanto.

Então escrevo esses versos
na espera que Mozart
os ouça em seu recanto.

Tenho verdadeira predileção por um trabalho de Roland Barthes, um dos primeiros, denominado *Crítica e Verdade*. Esse semiólogo produziu uma obra grandiosa com ensaios crítico complexos que se tornaram famosos, mas ainda tenho o acima nomeado como uma espécie de "livro de cabeceira". Nele, no capítulo denominado "O que é a crítica", Barthes assinala a função da verdadeira crítica e diz que não é papel da crítica ter como fundamento ser verdadeira; não lhe compete essa vã ilusão de trabalhar com fatos verdadeiros e determinados. Para ele, a crítica deve ter como clareza de posições lidar com a *validade* dos fenômenos literários. Isso é devidamente pertinente, diríamos, uma vez que a singularidade do texto literário, sobretudo, do poema lírico, consiste no seu teor plurissignificativo, de sentidos plurais, diríamos tratar-se de uma "areia movediça" em direção da qual não podemos apontar o certeiro da flecha. Lidando com a validade do discurso literário, a possibilidade de correção e acerto é bem maior.

Manhã serena manhã,
com ventos alísios
e sol baço nas paredes
brancas,
ares de ingênua,
com olhos de soslaio
querendo sorrir
como Gioconda,
que esconde mordidas
na bochecha de da Vinci,
naquela tarde chuvosa
em seu debuxo,
revelou
olhos mornos,
mãos falsas nos gestos
e o sorriso oleoso nos lábios.
Rosto de manhã
com vento alísio de outono.

Meus passos pesam
sobre essas folhas secas
de outono;
as solas de meus sapatos
penetram nessas folhas
e se elevam aos meus pés,
deixando marcas do húmus
que a terra molhada
produziu;
meus passos pesam
no fio da vida e da vertigem
de viver,
nesta manhã
úmida,
em que viver
é ter os pés assim,
cobertos de folhas secas
e de terra úmida
que recobrem
na soleira
de meus sapatos.

As vozes ressecadas
e ocas
do mosteiro vazio,
resguarda o voo de freiras
pelos jardins soterrados
e pelos descaminhos
das oliveiras e dos choupos,
com as copas fechadas
e os antigos morcegos
na penumbra dos corredores;
nostalgia do ocaso
entre formigas voadoras
e roupas negras soterradas e frias.

Em baixo, no saguão,
o som do órgão ressoa desafinado.

Charles Baudelaire representa uma espécie de entidade para o avanço das artes em geral e da poesia lírica em particular. Poeta francês do século XIX (1821-1867), foi também escritor, crítico das artes em geral e estudioso dos poetas e das artes plásticas. Baudelaire escreveu um único livro de poemas em verso, *Flores do mal.* Todo o seu trabalho de reflexão crítica, que envolveu todos os gêneros, trazia subsídios para sua poesia. Sua poesia ocorreu na passagem do parnasianismo para o simbolismo, sendo que sua profissão simbolista "correspondences" se encontra nesse livro. O estilo de sua poesia corresponde às últimas manifestações das formas fixas tensionando com os versos livres que seriam, na França, inaugurados por seus parceiros Stéphane Mallarmé e Arthur Rimbaud.

Caminhando pela velha planície,
vejo um velho homem
sobre o outeiro
entre ramagens
de heras com espinhos;
ele olha ao longe,
com as mãos sobre os olhos,
olhos que fitam o pôr do sol;
de quando em quando
abaixa a mão,
toma um dos espinhos
e vai furando a velha
e grossa pele cor de bronze
e passa a língua
sobre o sangue escuro.

Sobre o outeiro,
as gotas de sangue se esparramam.

A turbulência da noite
gerou um sol podre no nascente
e fermentou todo o dia
em fontes rasas do olhar.
Passei a vislumbrar luas
ensanguentadas e perdidas
pelo espaço sideral
e desconstruí renques de árvores.
O sol podre tinha raios tortos
e ganchos de latão em tons de ouro;
minha cabeça ressoou
em turvas lentes
e meus olhos sorriram
em cegas fantasias.

NATUREZA MORTA COM FRUTAS VERMELHAS

Amoras dispostas
entre cerejas,
ameixas no centro
do prato de prata,
uvas roxas com talinhos
soltos;
uma disposição rubra
do êxtase exposto
com lábios carnosos
e uma cabeça decepada,
com olhos abertos
e um fio de sangue
escorrendo.
Frutas de outono
numa tela
em que Caravaggio assinaria.

Aludimos a "en passant" em comentário anterior sobre o processo de motivação do signo verbal no trabalho poético. Na verdade, a construção do poema lírico é conduzida por uma profundo exercício de motivação de todas as camadas que compõem o plano de expressão do poema. Por plano de expressão, deve-se entender a camada tangível do poema, a camada significante, material do universo sensorial do poema. Dentro da concepção de Louis Hjelmslev, o signo verbal proposto por Saussure é ampliado e aprofundado, elevando aos dois planos (expressão e conteúdo) e cada um deles subdividido em forma e substância de expressão e forma e substância de conteúdo.

O universo sonoro do poema formado por todas as figuras de som formam o plano de expressão sonoro que conferem ao texto, a sua configuração expressiva, alguns dizem musical, e isso ocorre graças ao exercício de motivação dos signos provocando uma tensão, uma energia, um *frisson* entre o universo do som e o universo do sentido do poema.

HOMENAGEM A VAN GOGH

À volta da mesa
rústica, redonda,
de madeira dura,
os olhos amarelos
de icterícia
comiam batatas
com casca,
lábios finos,
bocas grandes.
O marrom da madeira,
o mostarda da pele
e os trapos sobre a pele,
criavam um só tecido
ao tom dos seis corpos
que compunham essa
pintura viva.

OS CRESPOS JARDINS DE OUTONO

Esparramam pelos verdes antigos,
manchas de outono
do avesso,
com cores de pelos de ursos
polares soltos em lugares ermos,
devorando restos de verão
e os nervos vertem nervos,
em crespos lances de jardins
envelhecidos,
plenos de fios de arames,
entre cipós e os trechos
de neblinas e frutas secas
caídas no chão cheio de cipós
e de finas vontades,
desenhadas em bocas secas
em forma de crespos jardins.
No avesso das estações,
a poesia fica assim,
cheia de arrepios
e de arremedos hostis.
Vejamos no futuro,
o porvir da primavera.

Ao olhar para o mundo,
nesta manhã de outono,
um sol escarlate
me recebeu
rasante,
e fervilhou com sua vividez,
os poros de minha pele.
Meus olhos responderam
com milhares de bolhas escarlates
e minha vida recuou baixinho
à impotência do para viver,
diante das barras de fogo
trazidas pelo sol.

LETARGIA DA CRIAÇÃO

Volvo ao gesto
de compor versos
como forma de revelar
o segredo primordial
após uma sonolência
de muitos anos
que me conduziu
ao degredo das razões
deste mundo
sensorial.
Meu gesto está pesado
e impreciso,
como pesam meus olhos
e meu estado de estar
acordado.

Para que se possa intentar na compreensão da poesia, penetrar nos seus meandros construtivos é mister que bem conheça o que Jakobson denominou de os "dois polos da linguagem", isto é, o eixo metafórico e o eixo metonímico. Mais do que duas figuras de linguagem, devemos compreender os dois comportamentos conceituais que regem o nosso cérebro; as relações semânticas estabelecidas por contiguidade e as relações semânticas estabelecidas por similaridade.

OS FORMATOS DE MIM

Saio de mim
para poder estar comigo.
Aqui e agora,
renuncio de mim
e volto a contemplar
os desenhos
de minha identidade.
Bem longe de mim,
as vozes de minh'alma
acenam para mim.

MINUTA DE UM POEMA PERDIDO

Não procures no relento
os versos que se perderam,
nem lastimes ao sol posto
o desdenhar das quirelas,
mesmo de palavras belas,
que o vento levou embora.
O poema ressurgirá aflito
nas vielas e pelos gritos
do tempo rouco
e do espaço infinito.
São as formas que se movem,
há hora agá do mistério
e toma forma de fera
a rugir no alento da esfera.
Posta ao ponto
em tom de espera,
no som flagra a viva hora
e no verso se esparrama,
mas evitando que a palavra
pelo verso se derrame.

Vasculhei no sótão
de meus dias vividos
imemoriais;
encontrei panos rasgados,
esfarrapados talos de jasmim.
Nas prateleiras de marfim,
uma caixa velha e tosca,
abri-a; pedrinhas de várias cores
ágata, ametista, quartzo e outras mais.
Na caixinha, que não queria abrir,
encontrei palavras: ríspido, vômito,
pálido, mel, pusilânime, frontispício,
nesgas, vesgas e outras tantas.
Forrei a mesa da memória
com o tecido rasgado
e compus o novo com pedras e palavras;
revesti as ágatas com o mel tosco,
do rústico do quartzo do ríspido
tormento do tempo.
Da pálida forma do vômito,
o matiz amarelo do branco jasmim,
das nesgas de meus tormentos
as formas do sopro no oco
da caixinha de marfim,
do sótão à luz,
a ordem das palavras
reluziu no tempo.

IMAGEM

Dois olhos negros
brilharam na escuridão da noite;
só os olhos e nada mais.
Eles cresceram à luz do dia,
meu reluzente dia
de sol, de luz e fantasia,
capaz de criar na mente
a pungente energia
das formas de petrificar
os sonhos e morder
pesadelos. Instigo
essa noite escura.
Duras fontes de secura
que gera poesia pura,
olhos negros
noite escura
e nada mais.

A FUNÇÃO POÉTICA E A FUNÇÃO METALINGUÍSTICA NO POEMA LÍRICO

Uma vez que num texto literário sempre haverá predomínio da função poética, mas uma segunda função atua como definidora do tom do estilo, devemos ressaltar que a função metalinguística sempre representará essa segunda função na literatura moderna e contemporânea. Como disse Roland Barthes no ensaio "literatura e metalinguagem" (crítica e verdade), nessa literatura que se iniciou com os adventos da modernidade em meados do século XIX e que continua até os nossos dias, a literatura passou a ser literatura objeto e metaliteratura, e que nesse fenômeno, a linguagem passou a se apontar com o próprio dedo. Isso revela a consciência da mimeses de produção artística.

Isso ocorre em toda a literatura e, no caso do poema lírico, ocorre sem sombra de dúvidas em todos os gestos de manifestação do ato criador. Claro que esse fato da linguagem não é apenas de hoje; já os clássicos o anunciavam, mas ele dominou na modernidade e na contemporaneidade.

ODE AO DESDITO AMOR
(outono perverso)

Movem-se fantasmas de amores entre
ameixas secas e olhos molhados,
volvendo musgos pela fome de outras fomes,
solidão dos amantes estridentes,
vida mais que a vida,
ecoando por trás dos rochedos,
pelas vertentes de se munir de elos
entredentes que se elevem,
dos vales indefinidos pelos jardins suspensos.

Desdito amor com a loucura conjugados
pelo perdido sonho de um amor sonhado,
Ofélia nas águas de um arroio mergulhou
na morte, sucumbiu ao amor e, louca,
violentou a sorte entre flores
entre ramagens aquosas,
por Hamlet,
padeceu pela voraz e eterna margem
por onde deslizou os seus tormentos
segurando um nenúfar entre os dedos.

Viver Inês pela vida em campo aberto,
e por seu amor morrerá nas finas lidas
do encantado sonho que foi despedida
nos versos de camões desfalecida.
Estava lá Inês, decapitada e fria,
mas bela na solidão da morte emblemática,
estendida no leito,
mais que Ofélia, Inês viveu mais
que um dia, na mais extática forma
de viver pelo que vivia.

Na forma de tecer a própria sorte,
o amor se auto tece a cada dia,
à espera de morrer por um segundo,
por tentar preservar seu sentimento.
Ao manter seu tecido em fina malha,
Penélope punha a risco sua ventura,
por isso desmanchava o seu trabalho
à espera de Ulisses por dez anos.

Amores mofados são amores sofridos
ou antiamores, perversos em rumores,
ouvidos pelos cantos, perdidos entre
sorrisos rasgados e desejos invertidos.
Amor causa vazia de um vazio lampejo,
que se preenche do nada de um ar vazio,
torneado de um estéril sorriso,
iscas jogadas ao mar da indecência.

O PROCESSO DE TRANSFIGURAÇÃO DO SIGNO VERBAL

A noção semiótica produzida no poema lírico é fundamental, para não dizer fatal, na vida do poema e na sua saúde, enquanto existência, que resiste enquanto texto artístico. O signo verbal posto na condição de signo poético, como já dissemos, ele tem de ser motivado em todas as suas camadas linguísticas nesse processo de motivação, sobretudo, no plano de expressão fonético\fonológico; o plano significante do poema acaba se elevando a uma dimensão icônica, visual, plástica. É nesse patamar que o poema deixa de privilegiar seu plano de conteúdo, deixando em segundo plano, a visão temática que é nada frutífera para os objetivos do poema.

Esse destino do amor, colocado
do avesso nessa manhã de outono,
do eterno outono de sombrias formas,
amor que se procura desde sempre
nos sombrios bosques de ramagens
nefastas e ondulantes nos símbolos,
mantidos nos rochedos e nos troncos
da memória e das formas dos penhascos,
opulentos, perfilados no sono de Dalí
ou nos visgos profusos de Magritte,
o amor sem amor no sono surrealista,
pista das fontes do horror motor
do que volve a energia da morte em
tom maior nas linhas da amnésia;
beijos não beijados, bocas secretas,
vida mostrada ao viés da vida sonhada.

Oh, linguagem destinada das meras
curvaturas de um subscrito no hieróglifo,
sortilégio dos signos e dos índices e dos
ícones das farfalhices do amor,
como se o odor não bastasse para
revelar o sem-sentido, o nonsense
do inominável e se mantivesse
a magnólia aberta à meia-noite
como se fosse o meio-dia.

Olha sim, o olhar que dissimula os ossos
fósseis do invisível; aves de rapina
ondulam sobre os montes e voam com
fitos olhos e bicos além do foco inerte,
foco da forma do absoluto. Mirar o amor,

vago amor, é polvilhar sal sobre o Sol,
seco Sol que se estendeu no varal do
horizonte, como carne de sol recoberto
de sal.

Só assim, o amor se faz eterno.

Enrolado como carne seca e crispado
de sódio, exposto ao sol. Mito litigante
do prazer maior, corrói seu próprio corpo
com o movimento de sua inexistência.
Os olhos do amor: plenos de vazio,
repletos de signos, de iscas do ilusório,
faíscas do éter e no sono redondo,
oblíquo envolto em cinzas, ebúrneas
cinzas que revestem o ígneo fermento
de seu intento peregrino nas fornalhas
vicinais do amor ditoso, sem pernas,
nem braços, sem mãos, mas com olhos
e orelhas e nada mais.
Amor, sede de amar e desamar,
ao avesso do vão,
sentir o que é oco e que é vago, ao vago
libertar-se do 'imago" debulhar
de uma vontade, oxímoro do inverso
sentimento que subjaz ao volátil e tênue
seco e estéril gramado de um outono,
que se mostra do avesso, seco e
nublado outono que trouxe Penélope com
com seu desmanche, Inês decapitada
e fria, Ofélia com sua loucura, pelo
vago amor, vazio e doce como uma flor
cadente.

Agora, que os amores desatinados
foram contemplados em campo aberto,
subirei até a varanda da memória, entre
caramanchões esplendorosos, com
tulipas, gardênias, malmequeres e
jasmins, para fazer desfilar entre as
folhagens seres que cantaram o amor
de supressão, de lábios fechados
como nos quadros de René Magritte, ou
como são as imagens de Munch.
No avesso do outono eles se acoplam com
perfeição e justeza dentro do antiamor,
que imprimem o selo da morte no belo
da arte e do subliminar sussurro de suas
palavras ou de seus ritmos insondáveis.
Safo, da ilha de Lesbos, eclodiu nos seus
versos a metonímia do sensível, seu
olhar seletivo para a sensualidade feminina
representado pela imagem inconfundível
que na obra de Virginia Woolf, disseminou
por sua narrativa e pelo seu juízo crítico,
mas que a conduziu, dentro de seu
silêncio, ao profundo das águas onde se
suicidou, levando no bolso do casaco
pedras pesadas que não deixassem dúvida
sobre sua morte.

Da mulher amada, na perversão do
segredo, entre o ventre e o ventre que
Virginia Woolf dissuadiu no signo literário
denunciou na ação e
safo ilha de Lesbos, antigo amor de dias

idos pela Grécia linda, safo uma flor dos

desejos e insanos versos eternamente novos.

Diferente da flegmática Virginia, cuja contenção levou-a a morte. Walt Whitman cantou suas paixões e expressões de desejo diferente de pessoa na sua clausura.

Indomável como Proust e Gide, Oscar Wilde fazia questão de demonstrar sua condição sexual e sofreu as penas por isso. Manuel Bandeira no seu fechamento, trancou-se no seu insigne segredo.

SOBRE LIRISMO

O poema lírico, tema presente em todas as páginas deste livro, consiste num gênero literário que pertence à esfera da poesia. Assim sendo, não pode ser confundido com os gêneros da narrativa. O poema lírico, pertencendo à esfera da poesia, compõe com essa esfera o tripé: poema lírico, poema épico e poema dramático. Se o poema épico é claro em suas características (marcas do herói, narratividade em versos, número extensivo de versos e de estrofes, visão universal do tema, certa referencialidade ficcional, etc.), o poema dramático caracteriza-se, como já está em seu nome, pelo caráter dramático de suas ações. Trata-se do texto teatral.

Já o poema lírico, consiste num gênero curto, não narrativo, partindo de um sujeito lírico e voltando para esse sujeito de modo a atingir o outro. Esse outro corresponde a qualquer leitor que com esse gênero se envolva, dentro de uma empatia individual e universal que seja criada na instância do som e do sentido que representa a matéria viva do poema. É relevante notar que o poema lírico possui essa "função épica" de agir no interior do ser humano, como se cada um fosse herói de seu próprio destino. Lírico aqui não significa traduções consideradas doces e singelas dos temas clássicos da vida. Significa um gênero de poesia, uma metáfora discursiva que inclusive pode perpassar tais universos temáticos que pertencem ao universo arquetípico da condição humana.

INSUFICIÊNCIA RETÓRICA

Colapso dos signos,
ritmo indevido dos passos
desse sonambulismo,
das formas impertinentes
dos debuxos oníricos
da afasia,
que permitem claudicar
em dias findos
e em noites prestes,
a se eternizar.
Colapso das artérias-palavras
sem respiração
boca a boca.

Mira mirante miragem
no opúsculo circular
do oráculo feérico
nesse olho indisposto
a olhar pelo poço mais profundo
que o fim do mundo
vertigem do ponto
que se mira e fita
a forma da miragem
enfim, distancia-se o olhar
e invade o centro do mundo.

O olho escorrega e desce
para a ponta dos dedos
e vê o mundo.

O BARCO SÓBRIO

Dia de muito trabalho
neste campo.
Lavrar a terra antes de extrair
as ervas daninhas, o areal nocivo,
os galhos secos com espinhos,
é atrair mais danos para o cultivo,
é alimentar lagartos peçonhentos,
proliferar gafanhotos e outros otos
que se escondem entre cereais
e devoram tudo com gana e rapidez.
Antes de lavrar a terra,
tenho de arar esta seara
para mitigar o nefasto
e fazer erigir o mastro dos sons
que o barco dessa terra
possa fertilizar.

AS QUESTÕES DO VERSO LIVRE

O poema moderno e contemporâneo se apresenta em forma de versos livres com estruturas distintas das formas fixas que dominaram a poesia lírica por muitos séculos. A passagem da forma fixa para a forma livre dos versos na poesia, foi um processo lento, não ocorrendo de uma forma abrupta e determinada. A questão do verso livre tem de ser considerada com toda a precaução mediante uma série de fatores que devem ser considerados. Mais do que demarcar a data precisa do fenômeno ou com quem ocorreu, mas analisar alguns procedimentos internos que interferem de modo mais intenso, seja nas formas fixas, seja nos versos livres. Os movimentos da linguagem no interior do poema são os responsáveis pelos efeitos, mais ou menos, elevados do texto. Não podemos injetar valores na forma elegida pelo poeta.

QUESTÕES DO VERSO LIVRE

Um poema composto, respeitando as normas fixas de composição, pode conseguir efeitos tão expressivos que não poderiam ser conseguidos por um poema de versos livres, ou vice-versa. Tudo dependerá da competência do artista na busca dos componentes necessários e no modo de articulação desses componentes. Criar dentro de um processo de rigor e contenção das medidas é bastante difícil para que se consiga um bom resultado; do mesmo modo, não ser contido pela forma poética e saber ligar os procedimentos marcados pela entonação e pela volatilidade, do ritmo e da mobilidade da prosódia, é trabalho extremamente delicado e exige consciência e equilíbrio criador por parte do poeta.

Apropriei-me de duas metáforas
nesta tarde de inverno
para inventar uma terceira
no alarido de meu espírito.
O apanhador no campo de centeio,
de Salinger
e *O ceifeiro,* de Van Gogh.
O gesto da colheita da vida

recubro esse polvilhar
do meu tempo,
com o rubro clamor de meus sentidos,
como se o desatino de meu corpo
pulsasse além de mim,
e para mim voltasse
e permanecesse no espaço,
esperando o alcance
de minhas mãos
frágeis, mãos
aptas ao gesto
e vazias ao contorno da fome.

As fragrâncias do inverno
são de um prata prata,
em que o azul sussurra
de um dia ter passado
pelo espaço
e fertilizado o tempo
do ser
nas fímbrias finas
do resmungo dos deuses,
reclusados no oráculo
à espera do Sol.

O odor do argênteo inverto
impregna os ossos dos deuses.

Na obra *Marxismo e filosofia da linguagem*, Valentin Volóchinov realiza um interessante estudo sobre o signo verbal, distinguindo-o em duas linhas de força. Para ele, pode-se falar sobre *signo reflexivo e signo refratário*. O primeiro representa a linguagem em sua forma denotativa, referencial. Assim, nesse estado, o signo representa o referente no modo como ele se mostra ao mundo. Ao dizer "mesa", tenho a indicação como a conhecemos e até podemos especificar suas peculiaridades. Ao dizer "gato", referimo-nos ao animal felino doméstico e não a outra coisa. Já na segunda denominação do signo refratário, temos o signo do desvio, conotativo, signo da arte, incorporado na metáfora, de maneira mais simples se se tratar da metáfora de uso ou em discursos de baixa conotação, ou o signo refratário se torna complexo quando utilizado na metáfora do poema de forma mais decisiva. A partir desse aspecto, podemos até mesmo perceber esse caráter refratário do signo com resultado do processo de motivação sonora ou sintática, no interior do poema.

O poema é um organismo
ruidoso e incômodo
que se manifesta
antes do fim do dia;
depois do pôr do sol,
durante a latência do sono
e espreguiça de corpo inteiro
ao amanhecer.
Em certas horas do dia,
age como ponta de finíssimas agulhas
na sola dos pés e na palma das mãos,
nega-se a dizer as causas
de sua vinda
e nem devolve a paz
ao poeta,
que deve ficar à sua disposição.
O poema imola o véu e o tom do céu
em apto frenesi e recorte ao incesto,
de um insano e vil suicídio da foice
que intercepta a podagem do trigal.

Sobre a mesa retangular
de granito,
quase se ouve um grito,
colado na toalha de raminhos verdes
onde os objetos se dispõem
com inércia aparente,
fremente da cor da morte
na arte conceitual.
São formas de natureza viva,
quase aderente
que aos nossos olhos se inflamam
no oximoro da vida;
caixinha de primeiros socorros
recheados de drogas-clementes,
precisas e preciosas,
letárgicas,
que retardam a ilusão de viver.
As pílulas de adoçante,
o composto de sódio,
o guardanapo de tecido de linho,
o descaso das formas
e a retidão do conjunto,
um livrinho de poemas de Eliot
e outro do Jean-Paul Sartre,
entre o copo sujo de vitamina
e o prato limpo de porcelana,
com o último fragmento de patê
de atum.

Entre o mito da misericórdia
e a escadaria do oráculo,
reconheço o desenho dos ladrilhos
de mármore,
que circundam cada vão,
cada pressentimento,
antes do último encontro
com semideuses
enfurecidos
com a louvação
dos deuses incautos,
frívolos e argutos,
prontos para defender
de seus crimes hediondos
abaixo da linha do Sol posto.

As vertentes do poema possuem muitos caminhos voltados para um só destino: atingir uma gama de significação única e inigualável. Mesmo que a temática seja conhecida, mesmo que o conteúdo atingido pertença à esfera do provável e do esperado, no reino arquetípico do consciente ou do inconsciente coletivo, a significação de um poema apresenta-se por meio de um desenho desconhecido, inigualável e inimitável que nos atinge como se jamais o tivéssemos conhecido. O desenho do poema é ímpar, como são ímpares os filamentos de suas raízes, e é isso que permite esse caráter inusitado de sua significação.

Inscrevo aqui
as marcas de meus contornos
deixando o resto de tinta
e as formas mal resolvidas
que meus olhos não conseguiram
discernir.
Inscrevo aqui
os finos defeitos que restaram
daquela febre que me dominou
ou dominou minha pele,
minha mente
e meus mistérios.
E permitiu a febre que eu borrasse
as bordas das palavras e,
indeléveis,
não apagassem jamais.

BRIGHT

Nesta tarde eterna
de branca luz,
na alva página
de branca luz,
reluz ao tom de muita luz,
de dor da luz
que invade a mancha
que assim induz,
ao mesmo corpo
que aqui deposto,
morto, corpo morto,
espessa fibra do corpo
decomposto nesta página,
disposta em luz,
em branca luz.

O SIMULACRO DAS HORAS

O cadáver das horas
se estende ao longo
de uma pedra fria
e fica lá,
imóvel,
à espera das gotas nuas
do orvalho
que se esparrama no espaço,
a intermitência do tempo
inexorável,
se estendendo em formas de manchas
cor de ocre,
podre na pedra fria.

As fontes de costume entram em outra sintonia mediante o rearranjo da linguagem, posto no entrecruzar dos versos e do ritmo e de uma prosódia única. Como diz o poeta e ensaísta mexicano Octavio Paz no seu livro *O arco e a lira*. O poema se mostra a nós como se fosse num palco de teatro, onde os signos atuam como atores de uma peça de teatro. Esse fato cênico do poema nos remete a um movimento interno, centrípeto da linguagem em que não podemos mais ver no poema um núcleo de fala, mas sim um gesto que performatiza uma nova realidade por meio do corpo dos signos. Nesse espetáculo, todos os personagens ocupam lugar de destaque. Não podemos querer privilegiar no poema, uma camada ou uma instância da linguagem como mais relevante que outra instância. É lógico que isso ocorre desde que o poema seja engendrado de modo a permitir esse fenômeno a que aludimos da equivalência entre os elementos.

BURNOUT

Retalhos de labaredas
pelo chão crispado de saudades,
pedaços de vitrais
medievais,
retendo os ais do mais antigo sofrimento
que as torres testemunharam
entre pedras
e formas espessas da geometria,
que o fogo deglute
mas não consome,
no mito da eternidade,
nas vértebras da retórica,
em chamas,
que se derrama
de Notre Dame, de Paris.

A PALAVRA INFINITA

Falta-me a palavra plena,
serena e rouca, de forma doce,
que traga em si o hieróglifo
de rosto
irreconhecível
e escondido,
entre sons perdidos
e nervuras duras,
como partituras de Mozart
ou compassos de Debussy.
Falta-me a palavra
grávida de consolo,
sem piedade,
com fios de metal incrustados
até o fundo de seus contornos,
sem adornos,
mas que me dê o poema
no tom e na elocução.

A MORADA DOS DEUSES

Gravetos quebradiços
dos cerrados de sol intenso,
atuam no compasso
 desta forma que se enrola,
deste ninho em construção,
desta morada dos deuses,
desse desalento que se perfila
nos ritmos em iks pichs inhos
já fragmentados mas ativos,
neste ninho de ir e vir dos veios
circulares
que procuram a própria anatomia
das penas e das asas,
que possam voar ao ar
e ao tempo maldito,
sem bater o coração
contra as finas pontas dos ramos
indefinidos.

É fundamental que se assinale que se um poema pertencer àquele universo da "corda bamba", para lembrar Valéry na imagem anteriormente citada, ele na verdade não atingiu o ponto nevrálgico de um poema, e isso fará com que o próprio texto não nos forneça o famigerado equilíbrio entre seus componentes. Se isso ocorre, o poema irá por suas próprias pernas se lançar ao precipício. Ele claudicará em seus movimentos e ocorrerá um desequilíbrio entre suas camadas de manifestação.

Como resultado, o leitor poderá assistir a uma apresentação sintática até mesmo interessante em detrimento da manifestação de outros elementos fundamentais na construção do poema. Isso foi apenas um exemplo. Podemos ter jogos sonoros vibrantes que não conduzam a uma relação dinâmica com outras camadas do poema, que se torna de uma esterilidade incontestável.

O VACILO DAS PALAVRAS

Procurar as palavras
é uma luta em vão,
navalha escondida sob o espelho,
cartilagem fingindo ser ossos duros;
a palavra não se expõe ao verso
tardio,
nem invade a estrofe
com pressa de vibrar
entre vermes corrosivos.
A palavra procurada
se mutila
e não leva a nada,
a não ser ao ventrículo obscuro
de um sentimento alado.

NA CANTONEIRA DA MEMÓRIA

Na cantoneira da memória,
a brisa não cessou um só momento,
coisas de cantoneira
que desenham a curva do tempo,
em tempo quase findo
mas que preserva na moldura,
os debuxos torneados e ali perdidos
como o resvalar das fibras do olho baço
ou do sorrateiro equívoco do passado
em forma de volteio em outro ponto,
do soluçar de vozes em outros cantos.

Na cantoneira oleosa da memória,
as fortificações do relâmpagos eclodem.

FORMATAÇÃO DO MUNDO

Minhas mãos, meus pés,
meu corpo inteiro
tomam a massa amorfa da memória
e da massa amorfa das palavras
para comporem a forma,
antes mesmo de pensar o fino resgate
de uma determinação do pensamento
para fabricarem a origem do mundo,
as teias da realidade
e os primeiros sinais do fim das coisas
e do princípio que se enjaula na agonia
do enclausuramento da miséria.
da massa indivisível da matéria,
tornada substância do anteposto,
a forma se conforma ao som composto
e nascem as coisas, os feitos
e os vãos pressentimentos.

O poema consiste num movimento lúdico da linguagem, por meio do qual uma visão dialética do mundo vais se construindo. o poema é um objeto inteligente cuja existência se deve à conjunção integrada de vários planos do espírito daquele que o constrói. Essa conjunção integrada de esferas do espírito, de um lado, o universo inteligível, cognoscível do ser, responsável pela dimensão racional, lógica do poema. Por outro, faz parte o volátil, que reúne os sentidos e as manifestações dos estados dos sentimentos, fundamentais para conduzir o poema às raias do incomensurável e do intangível que apenas o conceptualismo não conseguiria produzir.

Mediante sua natureza dúbia, conceitual e sensível, acionada pela linguagem em grau elevado de motivação, o poema pode ser resumido em duas palavras que lhe são decisivas: contenção e contensão.

VISLUMBRE DA LUA BAÇA

Les yeux des manequins,
que de soslaio miram,
miram meus passos
no entrepasso da rua deserta,
por onde perpassam os dias
de meus amores de um dia,
em sintonia com a forme
de uma solidão sem nome,
marcada pela forte ventania
de um vazio deserto.
Sur mon coeur
(ma bonheur cahé).

Lua despedaçada pelas alamedas unidas,
calçadas por pedras escuras e tocadas
pela luz baça da madrugada,
refletida nos manequins das vitrines.

VERSOS NO CAIR DO DIA

Aquelas heras que subiam
salpicadas de miosótis,
volteavam os sonhos e amores
aliados à morte
e aos queixumes de uma vida.
Tudo se perdia em métrica
e em ritmo que também subiam
pelos campos dos versos e dos remansos.
Agora, nesta era e pela fresta
do cair do dia,
caem também os hinos de amor
e os ramos das heras das antigas
paredes e do compasso, e pés marcados
cedido pelas solturas das garras,
que arranham o avesso do outono
e se alastram em pontos duvidosos
da forma e do contorno da vida,
sentinela do som e do destino,
abatido de cada sema
nesta noite fria
de um *flâneur* tardio do morrer do dia.

O ESTUPOR DA PALAVRA

Os signos verbais
(nos nichos do imaginário),
são como as aves de inverno
ao desaparecerem no anoitecer
(em profundo emudecimento),
e voltarem no alvorecer,
primeiro em bando,
depois cada uma tomando seu rumo,
mesclando ao clarão do dia
com seu canto e seu voo.
Os signos verbais morrem no meu sono
e ressurgem alados
nos meus dedos,
e conformam em minha mente,
e constroem formas de canto
e de silêncio,
como se fora a força da vida,
faiscante e louca,
pondo as mãos do lado de fora
da cisterna e depois
saindo para nunca mais,
com as asas quedas.

O poema é um gênero literário curto, contido, em que a imagem é seu maior protagonista, no universo de sua representação cênica. Por isso, por esses atributos básicos, não faz parte da natureza do poema lírico, o caráter narrativo. A narratividade é própria do poema épico, ou a narrativa propriamente dita. Há grandes equívocos ao dizer sobre "poema narrativo" em se tratando de poema lírico. Esses equívocos podem ser provenientes de duas causas. A primeira causa pode ser do próprio poema que, por fragilidade estrutural e por incompetência do artista, acaba narrando em versos, ficando aquém da natureza genuína do lírico. Isso pode ocorrer até mesmo entre as produções de bons poetas. Outra causa é por parte do leitor. Não sabe reconhecer em certos poetas a utilização de "recursos narrativos" no corpo do poema lírico. O bom poeta pode-se valer das imagens líricas de recursos de narratividade para intensificar o caráter intenso de seu lirismo.

A TRADIÇÃO DO RECOMEÇO

A calma ao escrever estes versos
estremecem, às vezes, ao recuar
entre as palavras vertebradas
que o vento não carregou
e os sulcos verdes que escorrem
pelo caminho das plantas
assim,
retomaram sua forma não langorosa,
de prosódia antiga,
no tempo morto,
conforto das marcas imemoriais
da música ouvida de passagem,
e dos blocos de pedras quase compostas
entre o fluido de meus sonhos
e o veneno decomposto nos vidros antigos
com a forma da calma e o tempero
da sofreguidão de meus dedos,
meus olhos dedilham os versos
como se fossem a primeira lembrança
dos tempos primordiais.

SINOPSE DE UM POEMA

Inscrevo aqui
signos ilhados por uma retórica oca
mas fortificada pela tensão do tempo,
e pelos ladrilhos de pedra,
carcomidas de varandas muito antigas,
circundadas por caramanchões
de flores vívidas,
folhas amarelecidas
- nas esteiras -,
vertidas em sons e sentidos,
quebrados pelas frestas
dos muros antigos,
signos toscos,
sobreviventes
rentes à luz da lua-nova
viçosa,
e ficaram ali, enganchados
nos ferros velhos retorcidos.
E retornaram aos espaços
pueris e se tornaram mitos,
no cínico bailar
do fogo do poema.

Uma vertente do poema lírico, que não ocorre apenas com esse gênero mas com a literatura de modo geral, diz respeito ao exercício da bricolagem na tessitura do poema. Trata-se de um procedimento difuso mas determinante no processo de invenção do poema. O procedimento de bricolagem, muitas vezes inconsciente por parte do poeta, advém de um turbilhão do inconsciente capaz de conduzir o fluxo do imaginário onde se processam todos os movimentos da memória voluntária ou involuntária, por onde vagam todos os textos conhecidos do poeta e por onde ele vai navegar para a invenção de seu novo texto.

Retalhos de poemas já lidos ou fragmentos de versos esquecidos, mas relembrados no seio do novo texto, podem ressurgir não em forma de paródia, mas como remota fonte de noções do imaginário. É claro que, em alguns casos, a bricolagem (memória voluntária) pode ser tratada como recurso consciente e gerar obras magníficas.

Citando um poeta exemplar, um dos melhores do século XX, T.S. Eliot realizou um dos maiores e mais famosos poemas de todos os tempos, se valendo do recurso da bricolagem, *The Wasteland*. Na bricolagem, como se sabe, fragmentos de outros poemas são utilizados pelo artista, integrados ao contexto do momento que ele inventa. uma espécie da memória da tradição se integra ao presente inventivo do poeta.

PRIMAVERA MODULADA

Mas é primavera e não só
os pássaros se reproduzem
entre galhos de mitra
e gralhas de inverno.
Os signos-pássaros se multiplicam
como os colibris migratórios
para os ramos de groselha.
Os ninhos se formam, a norma se talha
e as penas farfalham e se conformam
mas é primavera: os lilases, os manacás,
os miosótis, as azaleias e os recantos
verdes em matizes graduados,
primevas formas dos signos que reproduzem
como pedaços de sons e entrechos de sentidos,
voltam as palavras aos pássaros que se enlaçam
dos gravetos, ainda verdes, compondo poemas
em vermelhidões soterradas,
desmanche de folhas podres,
desmanche de signos híbridos
em húmus de sombrios arvoredos,
pétalas quedas e versos sombrios
no contorno das eras,
do fechamento do dia
com semissímbolos vazios
do desvio primitivo
de um fio tardio.

Entre a solidão e a angústia,
unidos por ponte de bronze,
brilha um fio d'água que corre
no fio longe do trilho.

O SIGNO DISPOSTO AO VERÃO

(como engolir o sol)

Pela alquimia das palavras
perfuro-o, sol, com minha lança e o decepo.
Tento engolir o sol, cada um de seus raios.
Os longos dias promovem os longos dias
pelas curtas noites boquiabertas
(muita fome e o sol é apetitoso),
como nos longos romances, as aluviões
se enovelam com águas e por águas
nuvens se avermelham como versos
esfaimados,
desenhados, sem palavras e com fome
estatelada
pelos sóis cruéis de amarelo vivo-morto,
como nas telas de Van-Gogh,
o sol disposto a degolar o inferno
e os signos dispostos a deglutirem o sol,
longe do inverno argênteo,
longe do nevoeiro gélido das planícies,
assim deitadas com signos de gelo.
Hélios, filho de titãs, lança ao mar
as palavras rasantes das formas poéticas,
como as lavas dos vulcões,
como o frenesi da luxúria e dos desejos
indomáveis das palavras.

Um dos melhores ensaios já escritos sobre a poesia na modernidade é *O pintor da vida moderna*, de Charles Baudelaire, escrito na segunda metade do século XIX, na França. O autor de *As flores do mal*, já comentado neste livro, cria uma alegria no seu ensaio, representado por um "homem do mundo" que, depois de vagar pelo mundo todo, volta para casa no início da noite e via iniciar o ofício de poeta. Depois de absorver todo o conhecimento do mundo entre a multidão e a vivência mundana, ele volta para a solidão, senta-se à sua mesa, e diante do papel branco, com o candeeiro aceso, toma da pena como se fosse um esgrima e passa a desfraldar na sua labuta com o seu material e a sua coragem diante de si mesmo e munido de seus instrumentos. É dessa solidão de que falamos, para que seja possível uma profunda consciência e uma resultado salutar da invenção.

A VOCIFERAÇÃO DO GESTO

Os grifos e hieróglifos
vasculham os velhos documentos,
vestígios lentos da certeza
que os tempos insistem em perpetuar
desses cadáveres de signos,
pichações em pergaminhos de conventos
ou de muralhas de espessura sobreposta
de textos escondidos por ranhuras
indeléveis, e fronteiras entre textura e texto,
entre nervuras e fios de signos e ícones,
vértices indiciais de debuxos de sentidos
seculares que oscilam
entre o dito e o calado na calada da noite
da mente eterna.

ENTREMEIOS DO TEXTO

Reaproveito aqui
o que a memória não recobra,
mas os dedos desenham
como se fosse a primeira vez.

Retalhos antigos de palavras,
entretextos cobertos por outros textos,
mesclagem de texturas,
caligramas emblemáticos,
ziguezaguear de artesanato verbal,
visual em contextos de fabricação
do arremedo de vida,
dentro de caixotes de zinco
(ou de papelão)
sob sete chaves do indizível
(detritos da vivência),
não reaproveito aqui
as nervuras dos signos
que giram em torno do meu sol
sonâmbulo e pendente ao ritmo
do estrabismo dos desvios,
que metamorfoseiam a posição da lua
e a força das marés.

A SOLIDÃO EM TRÊS DIMENSÕES

Os cascalhos da solidão
vão se soltando aqui
e penetrando em cada vão
de som latente,
formam consoante, nesta matéria
pungente,
o desenho do vazio,
que toma, ali, o corpo e fere a pele
e vem pra fora,
doendo como ferida, ardida,
depois de navegar no dentro
sem deixar rastros,
como formigas com folhinhas
nas costas.

As casquinhas da solidão
soltam, lá, fiapos leves
nas reentrâncias da carne
e tendem a se aninhar no centro
do peito
no final da tarde de domingo.

Num comentário anterior, dissemos da performance do poema e de sua forma de se apresentar ao leitor ou receptor. Dissemos que o poema se dá ao espetáculo como se se tratasse de um palco de teatro que que as cortinas se abrem e o "teatro de signos" se apresenta. Da mesma forma que isso ocorre do lado do poema, do lado do leitor as coisas deveriam também ocorrer.

O leitor deve se portar como o que acolhe a apresentação poética e se mobiliza para se inteirar com ele para que seja possível, dentro de suas condições, decodificar o universo do poema e chegar o mais próximo de suas artimanhas verbais. Uma vez que o poema se constrói, valendo-se das duas linhas de força do poeta, da sua competência conceitual e do seu universo sensível, do mesmo modo o leitor tem de se munir de toda sua competência para se aproximar o máximo possível da complexidade do poema.

O CÃO E A ESTRELA
(soneto noctívago)

Longe, muito longe, na noite aflita,
no infindo negrume da noite arguta,
noite muito noite de sombra infinda,
um cão em posição de esfinge se agita.

Na anti-hora das badaladas incertas,
na forma ignota de um escuro perverso,
no reverso do céu morto,
estrelas se escondem e o cão negro fita.

E, finalmente, uiva com os olhos hirtos
na negritude do longe, mais que longe, no
meio do bosque verde-musgo com flores

escarlates. Pelo uivo da negra esfinge
de boca aberta, uma estrela atraída,
desce e entra, cadente, na boca do cão.

O "ANJO TORTO" DA PALAVRA

A palavra espera no frontispício do verso
e se comporta
como se houvesse espinho no corpo;
e se vale da forma exposta ao sol
para arremedar o tilintar dos talheres
do invisível,
na espera se purifica
para se fazer palavra:
potência capaz de se armar
de pura lâmina
para escanhoar
o último fio de cabelo,
a palavra-navalha soletra a fome do mundo no seu próprio gesto.
No retalhamento das farpas e dos erros,
descontrole do que se agita no mesmo
tecido,
do que se esfacela no viés do controle.

À margem de todos os ruídos,
tenho como maior tesouro
o mais profundo silêncio.
Ele irradia o desfio do desconsolo
e a ponte do incognoscível.
Conquistá-lo é visitar as malhas
esfíngica do segredo
e devolver a folha branca do
imponderável.

Como o poema trata de um discurso sincrético, de um pensamento por imagem, ele traz na sua natureza, quando genuíno, algo bastante semelhante ao universo da pintura, que em si mesma se faz representar pela imagem e pelo sincretismo; esse é um ponto que aproxima as duas artes com muita intensidade e com muita sutileza. Na verdade, diríamos que o mesmo princípio que aproxima as duas artes acaba sendo a causa que as distancia, muitas vezes, do observador\leitor.

A busca de um discurso relacional na leitura analítica de um poema imagético ou de uma pintura abstrata, de uma certa maneira, "trava" a mente do leitor. É quase lugar-comum ouvirmos as considerações de pessoas que, ao entrarem em contato com essas formas de arte, dizerem que "acham lindo mas não entendem", demonstrando-se incapaz de extrair-lhes um entre os procedimentos que atuam no andamento do poema lírico, que são muitos.

A relação entre o ritmo e a sintaxe representa um dos mais relevantes para a vida útil desse gênero. Primeiramente, o ritmo define o perfil poético poema, seu tom, sua entonação e sua semântica invisível, queremos dizer, o ritmo aponta para um sentido não revelado pelas palavras, mas pela marcação rítmica do texto. Aliado ao ritmo a sequência sintática marca o sentido pelas relações "fisiológicas da frase" do poema.

Mesmo que não haja um sentido declarado pelos signos, pela semântica, havendo coordenação sintática, uma significação emerge da relação entre o ritmo e sintaxe de um poema. Isso se alia a uma prosódia e a uma entonação, elementos de relevância determinante para a existência "orgânica" de um discurso poético. Entre os efeitos causados pelo ritmo e pela sintaxe, destaca-se o *enjambement*, que provoca ruptura no andamento e implica inovações semânticas no efeito geral do texto.

No revoo das formas de mim,
não reconheço os passos
nem as vertigens do silêncio;
fico mirando o estado
ausente do espelho
que insiste em perfazer
o contorno de algo
esfumaçado e fugaz,
que parece ser o meu mim.
Daria tudo para fazer
descer um gole de licor
que fixasse meu contorno,
mas é impossível.
De mim para mim,
reverbera luz baça
e forma oblíqua
do que não sei de mim.

ALEGORIA ESTELAR

Os ladrilhos da lembrança
recobrem o piso do tempo e se alinham
como azulejos
nas paredes do espaço da memória.
Réstia das estrelas
(que somem e voltam no
escuro e na distância da noite),
recuando o brilho,
mitigando os valores impossíveis.
Memória incestuosa e crespa
como todas as formas
do inócuo e do abominável.
Imemorialidade do descontínuo,
ladrilhos quebrados,
azulejos trincados,
dissolução da geometria
que cede lugar à ordem
inexorável e perversa das estrelas,
metáfora indomável da ordem
vulcânica das palavras.

A FLOR E A FLOR

Distribuem-se neste jardim-teatro
os artifícios das pétalas-metáforas
descompostas, iradas
na trama do signo infernal do poema
revestido pelo mito mimético
do sol de bruços
e dos olhos da lua bêbeda
em noite alta.
Girando em torno de si mesmas,
as pétalas de bronze,
negras pétalas de rosas,
pétalas feitas de medos e de garras,
pétalas díspares dos crespos jardins,
rosas, jasmins, violetas e outras mais,
despidas de seu odor,
pairaram nesses versos desidratados
apenas diagramados
pelo som indicial da imagem
condutora de minhas mãos
que se esfregam sobre o papel;
estas flores minerais,
mágicas e artificiais,
flores-flores,
com pétalas cheirosas,
cores vivas da primavera,
adornos dos sonhos
e das visões românticas,

são em si, flores em flores,
extraídas da natureza
para mitigar os fantoches da vida
e sublimar a rijeza da morte.
Elas não podem na poesia se tornar,
signos de antiflores,
flores dispostas sem pétalas
no comboio de busca de outros retratos
rodeados de florezinhas ingênuas,
flores de pedra fria no vaso
de barro com flores nuas.
Não quer o poema a flor do casamento
que murcha antes de se dizer o sim.
A flor da hortaliça é da hortaliça,
que iça e recompõe a flor-pedra eternizada
em poesia.

DESREALIZAÇÃO DO SIGNO I

Devemos aqui ressaltar um procedimento de relevância fulcral na construção da linguagem do poema ou da arte em geral, mas que na criação poética possui a sua peculiaridade que deve ser elucidada. Tem a ver com o universo sígnico do poema, a sua camada lexical que dá feição ao texto. A criação da arte poética está alinhada a um processo de desobjetivação dos elementos e, sobretudo, da camada lexical.

Desobjetivar significa desrealizar o signo atenuando seu estatuto de palavra-dicionário o que acaba produzindo a sua destematização. Isso pode ocorrer de várias maneiras dependendo da originalidade do poeta e da ousadia de sua proposta poética. Pode ocorrer desde um trabalho em que a imagem auxilia na desconstrução da estrutura da palavra ou na alteração da anatomia propriamente dita da palavra. Esses procedimentos de desrealização podem atingir tanto o universo das palavras lexicais quanto o universo das palavras gramaticais.

DESREALIZAÇÃO DO SIGNO II

Para que seja melhor compreendido o processo de desrealização ou desobjetivação lexical, traçaremos um paralelo comparativo com o mesmo fenômeno criativo ocorrente em outras artes e, sobretudo, na pintura. A pintura figurativa, em milhares de casos, perde sua natureza de cópia do original para ser transfigurada até mesmo perdendo quase tudo de seu ponto de partida (pintura abstrata).

Mesmo na arte clássica figurativa, o artista plasma um traço ou uma forma na imagem que a traveste, provocando uma nuança transformadora. Com o movimento impressionista esse processo de desrealização foi ganhando intensidade. É desnecessário aqui, darmos exemplos que seriam infindáveis desde os românticos (Eugene Delacroix, Dominique Ingres), passando por Manet, Monet, Van Gogh e chegando aos modernos e contemporâneos. Respeitando seus limites, no signo verbal, tal procedimento é menos perceptível, mas ocorre com intensidade similar ao da pintura. Menos impactante que a arte visual mas tão profundos quanto àquela forma de arte.

OS BEIRAIS DO VAZIO

O destino de uma forma
que contorna o desenho
de um vazio transparente
e frio, que imita uma outra
forma, no prenúncio de um
vazio mais pleno,
sem a ausência de um desfeito
laço de um começo,
esse sim, pode ser o recomeço
de um vazio protegido
por um fio de sentimento
esvaziado, mas farto,
por um risco da forma
de um nada.

FORMA DE SOMBRA

Mitigando o contorno
de uma maldita sombra
em que habita a fome
de uma forma mal desdita,
atenuando assim, a causa
e o desconforto da imitação
de um bocejo suspenso no ar,
vazio e inócuo, o suspiro
se fabrica em fonte e em longa
ameaça de uma aliança
desmanchada na febre de um soluço,
mal nutrido na conformação
de uma emboscada.

VIVIFICAÇÃO DO RETRATO

Ao plasmar aqui o retrato
de uma forma, o retrato
se ajusta ao contorno
do incerto, para que a imagem
de retrato se metamorfoseia
na coisa transformada.
Assim, refeito na forma
o debuxo, refratado,
o influxo do imaginário
se desforma, no fluxo
da retratação da imagem
alada.

O processo de criação poética catalisa muitos movimentos delicados de espírito. Não se trata de uma ação técnica e que possa definida como racional ou emocional. Ele se utiliza não apenas do universo das sensibilidades dos sentidos, mas também se uma sensibilidade mental e conceitual que dirige e coordena as ações do espírito.

Não significa colocar no papel ideias sobre temas ocorrentes, nem dizer coisas da vontade do poeta. O poeta compõe, realiza e modula seu poema em três instâncias distintas, mesmo que para isso o intervalo de uma para outra instância seja muito rápida.

No processo de criação, o artista plasma o fluxo de seu imaginário munido pelo universo arquetípico que o norteia. O princípio básico do ato de invenção poética reside na criação da imagem capaz de sincretizar o que determina o pensamento numa conjunção sensível e inteligível. No ato de criação, o poeta pode ter a noção de como iniciar seu processo, mas não pode ter certeza de como finalizá-lo. O poeta é surpreendido por relações lúdicas que ocorrem com uma expressão inusitada que invade o verso.

"CORRESPONDENCES"

O arranho dos fonemas
são semissímbolos
cravados nas "florestas de símbolos"
de Baudelaire.
Esses arranhados finos
que atingem a carne das coisas,
são como as unhas de ferinos
sobre a superfície
das coisas
que, aos pedaços,
se espedaçam
na recomposição do mundo.
Sem condição de livrar-se dessas garras
dos signos constritos,
o mundo se reconstrói, aflito
e vai para o infinito.

MEU CORPO E O POEMA

Meu corpo caminha
pelas trilhas do poema,
entre ritmos e formas dissidentes,
à espera da conformação do instante.
Meu corpo é um andarilho metafórico
entre volteios dos signos
e lampejos de uma sintaxe,
às vezes, desobediente e bêbeda,
e outras, negligente e louca
na busca de uma lucidez
inconsequente.
Meu corpo-poema se vale
das coisas ditas sérias e pungentes
e se nutre das trapaças mais fugazes,
na mais tenaz arquitetura,
a ossatura de meu corpo,
confunde-se com o poema
e não consegue se esgueirar
de seu inferno convexo e maduro.

A GEOMETRIA DO DESCOMPASSO

No ângulo reto desse tormento
enrijece a forma em detrimento
da fome de sonhar e de pairar
entre nuvens e premissas
geométricas;
se um modo de ver e de
absorver a própria ruína,
nas mesmas dimensões,
se um obtuso
descompasso na imprecisão,
que faz verter chamas
do inquebrantável sentimento
de desarranjo dos ombros sobre a mesa,
para compor um quarto de volta
com os noventa por cento desta vida.

De todas as comparações que se realizam entre poesia lírica e outros sistemas artísticos, nada é mais pertinente que o procedimento homológico que ocorre entre poema lírico e pintura. O que os aproxima são procedimentos "rizomáticos", isto é, pela raiz. Seja o poema lírico, seja a pintura, apresentam natureza sincrética, são signos complexos. O poema realizado com excelência, atinge a dimensão icônica que é própria da pintura.

Um poema que privilegia o tema nas suas formas clássicas de formas fixas, é similar à pintura acadêmica, figurativa. Torna-se fácil aproximarmos duas obras dessa natureza homologicamente. Por outro lado, alguns poemas modernos ou contemporâneos podem ser aproximados homologicamente a pinturas não figurativas. Claro que se torna mais complexa essa relação por falta do apoio temático e com a presença de relações mais abstratas entre os dois tipos de obras.

VAGA NOITE VAGA

A noite parece inteiriça
como uma placa lisa e negra,
vaga placa disposta
no tempo sem tempo,
na forma impossível
da vasta forma indefinida
de um tempo inexistente;
placa negra e retangular,
noite de silêncio vazio,
como um quadro negro e longo e vazio,
premissa do nada negro,
opaco e negro estampado na ausência,
lisa e negra da forma sem formato algum.
Estes signos vagam assim, por entre
estes signos que pairam assim, ao
figurarem o não figurável da noite que é placa e
não tem forma do ouvido do silêncio,
extenso do uivo,
sem ruído algum,
intenso na vaguidão sem memória,
sem nenhum traço sequer.

HIERÓGLIFO LÍRICO

Os atritos sonoros
na imensidão dos signos,
fundem som e sentido e forma e luz,
gerando vagalumes que giram
no contorno do nada,
do nada na noite-placa,
açoite do som em faca sem corte,
morte em quiasmo detido no X,
centelhas vagueiam no lume do liame,
se solta deste corpo em brasas
de signos e voam por esse espaço
de todos os tons e sons:
L'azur disperso em *blues*,
pisca-pisca que ofusca
o foco do contorno em Y,
no oco do medo constrito em I

A ESPACIALIDADE DE DEBUSSY

A música espacial de Debussy
sensorializa a forma
tangencial da pintura
nas minudências das gotas de orvalho
do riacho, que corre entre pedras
no ruído abstrato das nuvens entre nuvens,
no trocar ínfimo de um animal suave
e mesmo assim,
cada um dos desenhos do mundo,
essa música pontilha nos teclados
do piano
como instrumento constelador dos ritmos
crispados pelas notas musicais.

"O verso é o verso", esta frase de Roman Jakobson é memorável. Dir-se-ia um axioma que nos deixa sem saída para argumentação. O verso é uma realidade da poesia que a define e desenha seu contorno e a sua alma. Logicamente, não podemos compreender o verso sem que esteja "acoplado" ao ritmo.

Trata-se de dois ingredientes genuínos da poesia que a deixa completamente distante da oralidade e da funcionalidade do discurso prosaico. Na narrativa, em alguns momentos de sua manifestação, podemos flagrar laivos de ritmo e até mesmo de alguma sombra de versos que subjazem ao andamento do texto. Mas isso é muito raro. Seja nas formas fixas ou nos versos livres, existe uma medida entonacional que dialoga com a medida de outro verso dentro de um esquema rítmico próprio. Este é o fundamento composicional da poesia.

COMO CONSTRUIR O SILÊNCIO

Depois de farejar durante muito tempo
as sonatas de Debussy,
depois de dormir com elas,
permitir que cada nota martelasse
dentro de mim,
algo singular foi-se formando
no debuxo de meu espírito:
Debussy pinta o silêncio com música.
Debussy é pintor,
ele pinta o silêncio.
As notas musicais se solidificam
em ícones audiovisuais:
ilhas plásticas,
meandros intermitentes
de espaço a espaço,
o silêncio é desenhado,
a forma mais real e doída
de pintar o silêncio:
por meio de formas visuais
que o som do piano fabrica em ilhas.

A FLAGRAÇÃO EXPRESSIONISTA

Cabisbaixo,
o homem de camisa azul
com passos lentos,
pausados,
em direção ao sul,
cabelos revoltos na barba grisalha,
o homem afunda os pés
na terra vermelha,
freme nos gestos simples,
sua episteme
no leme da vertigem do impensado,
olhos cravados na terra molhada,
o essencial emerge
no seu pálido rosto
e respinga na camisa azul.
No céu baço, cinza disforme,
um pássaro negro voa célere,
cruzando o azul com cabelos revoltos,
em direção ao norte.

O POEMA MINERAL

Dentro do enorme negro
que sustenta o verde da crespa folha
da amoreira,
as patas e os olhos do lagarto
laranja e verde de listra azul
pairam intactos,
comendo a folha,
e inscreve bolhas e demove signos
para que um mandruvá
que queima, escreva o verso
que já morreu

no acre-doce da amora-texto,
o mandruvá fareja a fruta vermelha
que a lagartixa poeta, fabrica
a geleia-poema
no verde musgo da página.

O poema se dissolve na negra folha
anoitecida pelo negrume
à revelia da ideia.

A magia dos signos mergulha no lago
em que a roupagem das formas
não se dispõe a emergir,
e se oculta como caramujo
que mantém no corpo os traços do esconderijo

do eterno recomeço de tudo o que se esvai.
Na sombra do esquecimento de um sonho
em forma de metal rico e voraz
do gosto precioso do barroco,
tardio pela pérola negra que vai fundo
ao sulco do complexo universo tão fecundo
de uma pedra preciosa em ruína
ou da imensidão de uma vontade
perdida no vale obscuro de uma
terra rochosa e fecunda.

INSÍGNIA

Agulhas finíssimas
apontam nesses is
deste signo,
que se esconde
na forma
de me representar
ou de me apresentar
de corpo inteiro.
Apresento-me,
retrato-me
com toda a grandeza
de um gesto físico
restituído
a cada parte
de mim.
Volvo entre is e
me reporto aqui
ao gesto absoluto
como se meu corpo
fosse, cada parte dele,
o fragmento
de um verso,
e os pontilhismos
de um som
que fortalecem
o meu sítio
nesta vida

em si,
significante
desta insígnia
que de poder
nada tem.